BASTEI
LÜBBE

Von Bernd Stelter sind in der Verlagsgruppe Lübbe lieferbar:

als Taschenbuch
15445 Nie wieder Ferienhaus

als Hardcover im Gustav Lübbe Verlag und als Hörbuch bei Lübbe Audio
Nie wieder Ferienhaus
Das Leben ist zu kurz, um schlechten Wein zu trinken

Über den Autor:

Das sympathische Gesicht von Bernd Stelter ist eines der bekanntesten in der deutschen Comedy-Szene. In der RTL-Sendung »7 Tage, 7 Köpfe« lockte er mit seinen Kollegen zehn Jahre lang ein Millionenpublikum vor den Bildschirm. Mit seinem dritten Kabarettprogramm »Pubertät ist mehr als Pickel« tourt er durch Deutschland, Österreich und die Schweiz; das vierte Programm ist schon in Planung. Für die ARD moderierte Bernd Stelter im Juli 2007 die Hommage an Rudi Carrell »Danke Rudi«. Bernd Stelter lebt mit seiner Frau und seinen Kindern in der Nähe von Köln. Er hat ein Faible für Wohnwagen.

www.berndstelter.de

Bernd Stelter

Das Leben ist zu kurz, um schlechten Wein zu trinken

BASTEI LÜBBE

BASTEI LÜBBE TASCHENBUCH
Band 15814

1. Auflage: Februar 2008

Vollständige Taschenbuchausgabe
der im Gustav Lübbe Verlag erschienenen Hardcoverausgabe

Bastei Lübbe Taschenbücher und Gustav Lübbe Verlag
in der Verlagsgruppe Lübbe

Illustrationen: Martina Dreher
Titelillustration: Manfred Esser, Bergisch Gladbach
Umschlaggestaltung: Gisela Kullowatz
Satz: Bosbach Kommunikation & Design GmbH, Köln
Druck und Verarbeitung: GGP Media GmbH, Pößneck

Printed in Germany
ISBN 978-3-404-15814-0

Nicht mein Tag!

Wenn du am 13. Oktober im strömenden Regen um 18:31 Uhr das Büro verlässt, obwohl du es um 17:00 Uhr hättest verlassen sollen, weil dein Flieger um 19:35 Uhr geht; wenn du die ganz große Liebe deines Lebens anrufst, um ihr zu sagen, dass du es nicht mehr pünktlich schaffst, und sie soll doch bitte deinen Koffer mit zum Flughafen bringen; wenn du es doch noch ganz knapp schaffen könntest, wenn jetzt nur der Wagen anspringt, und wenn dann der Wagen nicht anspringt, dann drängt sich dir irgendwie der Gedanke auf: »Das ist nicht dein Tag!«

Was heißt hier, das war nicht mein Tag, die ganze letzte Woche war nicht die meine gewesen, und selbst über die Eigentumsverhältnisse der letzten vier Monate hätte man diskutieren können. Dass Delia sauer war, das ist nachvollziehbar. Der Urlaub war geplant, das Abreisedatum stand fest, und dass die Lufthansa bei ihren Abflugszeiten nicht übermäßig flexibel ist, hätte ich mir ja wohl denken können. Klar!

Aber war es meine Schuld? Es wuchs mir damals einfach alles über den Kopf. Andere Leute sind mit einem Job überfordert. Ich hatte drei. Was sollte ich machen? Ich war stellvertretender Leiter der Abteilung Strategy bei Wulf, Wulf & Wulf, einer eher unbedeutenden Werbeagentur. So bezahlte ich meine Miete und das Auto. Das war mein Lebensunterhalt. Und ich hatte eher durch

Zufall denn durch eigenes Zutun ganz nebenbei einen Zweit-Job an Land gezogen, der mir einen gewissen Luxus erlaubte. Ich schrieb Drehbücher für Frau Dr. Barbara Herzog. Frau Dr. Barbara Herzog spricht, wie sie wahrscheinlich wissen, von Montag bis Freitag jeden Nachmittag zwischen 15 und 16 Uhr Recht, und zwar bei einem bedeutenden Deutschen Privatsender.

Ich weiß, die Fernsehkritiker werden in meinem Fall den Begriff »Drehbücher« für unangemessen halten. Aber es sind gute Bücher! Bücher über Fälle, die sich so ähnlich vor deutschen Gerichten abgespielt haben, auch wenn man sich das nur schwer vorstellen kann. Es sind Fälle voller Emotion, voller spannender Charaktere, nur dass die 100-Euro-Darsteller das zuweilen nicht rüberbringen können. Dann liegt das Problem aber am Schauspieler oder am Budget, nicht jedoch am Drehbuch. Würde Spencer Tracy den Verteidiger spielen und Charles Laughton die Barbara Herzog, dann hätte man mit einem meiner Bücher durchaus auch mal einen Grimme-Preis abräumen können.

Außerdem hatte ich schon drei Drehbücher für 90-Minüter geschrieben, so genannte TV-Movies. Das waren ganz irre Geschichten. Da war zum Beispiel der Polit-Thriller, in dem vier Jungs und zwei Mädchen jeden Abend in der Küche eines Studentenwohnheims zusammensitzen und darüber diskutieren, ob ein Putsch in der Bundesrepublik Deutschland möglich wäre. Die führen peinlich genau Protokoll über die allabendlichen Diskussionen, und am Ende kommen sie mit einer Fünf-zu-eins-Mehrheit zu dem Schluss, das klappt nicht: Du musst gleichzeitig den Bundestag einsperren und den Bundesrat überwältigen, den Präsidenten entführen und das Verfassungsgericht in deine Gewalt bringen. Es geht nicht!

Aber der Eins-zu-fünf-Unterlegene, der druckt die ganzen Protokolle aus, auf dem Briefpapier des Verteidigungsministeriums, an das er gekommen ist, weil er da in den Semesterferien Fenster geputzt hat. Dann wirft er das Papier-Paket neben dem Hochhaus einer der größten deutschen Boulevard-Zeitungen in den Straßengraben, und der Fall geht als »Straßengraben-Skandal« in die Geschichte ein.

Der Verteidigungsminister wird daraufhin entlassen. Als Retourkutsche behauptet er, dass er mit der Frau des Finanzministers geschlafen habe, der wiederum enthüllt daraufhin, dass die Landwirtschaftsministerin lesbisch ist. Tja, die Regierung ist damit geliefert. Wenn man so will, ist der Putsch geglückt.

Geiles Buch! Dummerweise hat es bisher noch kein Sender gekauft. Aber das ist bestimmt nur eine Frage der Zeit.

Und wenn das nicht klappt, dann gibt es immer noch die Liebesgeschichte von dem Einkaufswagenzusammenschieber Giovanni, der im örtlichen Supermercato die Einkaufswagen zusammenschiebt, bis er vom örtlichen Notario erfährt, dass er das örtliche Püffchen, das Bordellino, geerbt hat. Auch schön!

Oder der Kinderfilm vom Häuptlingssohn Timpetu vom Stamme der Ohnesocken, der ganz alleine auf seinen Stamm aufpassen muss, dann aber durch den Medizinmann erfährt, dass er sich mit den Bibern unterhalten kann, und mit den Bibern zusammen besiegt er General Custer und Old Shatterhand.

Das waren schon super Bücher, und die Filme würden großartig werden, da war ich mir sicher, wenn, ja wenn sich halt ein Sender fände, der sie produzieren würde. Genau da lag allerdings das langohrige Nagetier im Gewürz!

Vielleicht kann man Fernsehsender mit klitzekleinen Viren vergleichen, die nichts anderes zu tun haben, als permanent Virologen zu verarschen. Da steht der Virologe mit seinem weißen Kittel im Labor und hat das entscheidende Serum entwickelt, und zack! – wechselt das Virus seine Erscheinungsform und ist – schwups – gegen den gerade erfundenen Impfstoff schon wieder resistent.

Drehbuchautoren sind nichts anderes als diese Forscher im weißen Kittel. Sie glauben, sie wüssten, was der Sender gerade sucht. Aber dann stehen sie dem Entscheider gegenüber, diesem Redakteur mit dem wissenden Lächeln, der sich nur auf sein eigenes Gespür, auf sein Bauchgefühl verlässt, der etwas ganz Neues, ganz Eigenes produzieren will, und der deshalb sämtliche Folgen von »Sex and the City«, »Bezaubernde Jeannie«, »Ekel Alfred« und »Bonanza« auswendig kennt.

Dieser Redakteur erklärt dir dann, dass dein Buch wunderbar ist, aber dass der Publikumsgeschmack gerade im Moment in eine völlig andere Richtung geht.

Solchen Menschen bietet man sein Herzblut an, das Drehbuch für einen 90-Minüter, ein TV-Movie, beinahe ein Spielfilm.

Du hörst kaum noch zu, wie sie fortfahren, dass sie es ja toll finden, gerade den historischen Ansatz, aber der Konkurrenzsender sei gerade mit einem ähnlichen Projekt auf dem Bauch gelandet, vielleicht sollte man statt der Indianer eher mal an Römer denken, Römer, Gladiatoren, brennende Städte, Saufgelage, Huren, das läge im Moment in der Zuschauerforschung ganz weit vorne. »Aber ich les mir das noch mal in Ruhe durch, Sie hören dann von mir!«

Du stehst auf, verabschiedest dich ganz, ganz freundlich, und du weißt: Vergiss es! Vier Monate Arbeit beim Teufel.

Am selben Abend sitzt du dann zusammengesunken wie Frau Merkel bei der Elefantenrunde an deinem Schreibtisch, und du schreibst, weil du beim besten Willen nichts Besseres zu tun hast, einen Fall wie:

Der Pizza-Bote Mario S. wird beschuldigt, seiner 64-jährigen Kundin Elvira K. eine Flasche Lambrusco ausgehändigt zu haben, die Frau K. für eine Bestellung von über zehn Euro zustand und die Mario S. zuvor mit Schlafmittel versetzt hatte, um Frau K. außer Gefecht zu setzen. Als diese nach dreizehn Stunden wieder aufwachte, war nicht nur die Pizza kalt, sondern auch der gesamte Goldschmuck der Elvira K. verschwunden.

Vor Gericht sagt Mario S. nun aus, die Wohnung der Frau K. nie betreten zu haben, obwohl ihn diese, oft äußerst freizügig gekleidet, mehrmals dazu eingeladen hatte.

Im Publikum befindet sich zufällig der Döner-Taxi-Fahrer Mehmet Ü., der Elvira K. ebenfalls als seine Stammkundin erkennt und der darüber hinaus zugibt, mit Frau K. ein weit mehr als freundschaftliches Verhältnis zu unterhalten.

Unverzüglich eingeleitete Untersuchungen durch

den Privatdetektiv der Verteidigung ergeben, dass Elvira K. noch dazu amouröse Verbindungen zum Schnitzel-Dienst-Fahrer Oliver K., zum Sushi-Boten Kenji X. und zum Asia-Taxi-Fahrer Chiang J. unterhält. Lediglich Mario S. habe dem Drängen der Elvira K. nicht nachgegeben.

Um sich dafür zu rächen, beschuldigte sie ihn des Diebstahls an dem Schmuck, den sie schon Wochen zuvor versetzt hatte, um ihre immensen Essensrechnungen zu finanzieren, die die Rente der K. weit überstiegen.

Mario S. wird wegen erwiesener Unschuld freigesprochen, die nymphomane Seniorin wird in einem weiteren Verfahren zu zwölf Monaten Haft bei Wasser und Brot verurteilt. Das Brot wird zur Bewährung ausgesetzt.

Dieses Drehbuch wird ohne viel Federlesens akzeptiert, ruck-zuck werden in irgendeiner Bahnhofsgaststätte Schauspieler gecastet, und ein paar Wochen später kannst du dir deine nymphomane Seniorin im Fernsehen begucken.

Jetzt wird es aber Zeit, Ihnen Delia vorzustellen. Delia ist eine wunderschöne Frau mit dunkelbraunen, na sagen wir, meistens dunkelbraunen Haaren und immer dunklen Augen. Zum Zeitpunkt unserer Geschichte war sie fünfunddreißig Jahre alt und nur ein kleines bisschen stolz darauf, dass alle bisherigen Schätzungen weit unter fünfunddreißig endeten. Delia war Marktleiterin im Nüssgen-Markt in Brühl, und wir waren seit …, lassen Sie mich kurz überlegen, ja, seit zwei, drei Jahren zusammen.

Dummerweise war Delia beim besten Willen nicht damit einverstanden, dass ich jeden Abend, vom Stress dreier Jobs völlig ermattet, auf dem Sofa hing. Sie lag mir seit Wochen in den Ohren: »Es geht nicht alles auf einmal! Ich bin beim besten Willen nicht die Frau, die dich vor irgendeine Wahl stellt, aber …«

Schon Albert Hammond hatte in seinem Hit *Free Electric Band* darauf verwiesen, dass man in solchen Fällen eben die *Free Electric Band* wählt und die entsprechende Frau im *Rain von Southern California* stehen lässt. Aber erstens bin ich kein Musiker, und zweitens kannte Albert Hammond Delia nicht, sonst hätte er so ein dummes Zeug sicher nicht geschrieben, also die Melodie schon, aber den Text hätte er bestimmt noch überarbeitet. Delia war ja nicht nur eine Frau, sie war auch ein verdammt schönes Exemplar dieser Gattung.

Trotzdem: Zweiter Chefsemantiker in einer nicht ganz unbedeutenden Werbeagentur, das war ein echter Job, bei Barbara Herzog verdiente man echtes Geld, und mit dem 90-Minüter hatte ich eine echte Chance! Was willst du denn da weglassen?

So, das musste ich Ihnen kurz erzählen, damit wir beide, also Sie und ich, auf demselben Kenntnisstand sind. Die eigentliche Geschichte, die beginnt erst jetzt.

Der Beginn der eigentlichen Geschichte

Ich stieg um 18:33 Uhr ins Auto, und das Ding war bisher unwidersprochen allen Befehlen meines Zündschlüssels gefolgt. Nur dieses Mal nicht. Das Überbrückungskabel des Hausmeisters tat seinen Dienst um 18:51 Uhr. Ich nahm die Severinsbrücke mit hundertzehn und erreichte den Flughafen um 19:17 Uhr. Abflug 19:35!

Die charmante Dame am Schalter erklärte mir dann, dass ich jetzt zu spät sei und dass die »Gates« schon geschlossen und ein »Check-In« nicht mehr möglich sei! Die charmante Delia erklärte daraufhin, dass ich ein ignorantes Arschloch sei und dass mir alles andere wichtiger sei als zwei Wochen Malediven mit ihr!

Jetzt müssen Sie mir einfach glauben: Das ist nicht wahr! Ich hätte nichts lieber getan, als mit ihr durch blaue Lagunen zu schnorcheln, mit ihr nachts am Strand zu liegen, am blauen Himmelszelt Sterne, Flugzeuge und Fernsehsatelliten zu zählen und dabei exotische Cocktails zu trinken. Nur die Argumente, mit denen ich das in dem Moment glaubhaft machen konnte, die fielen mir leider nicht ein. Hätte ich dieses Talent besessen, wäre ich vielleicht nicht nur zweiter Chefsemantiker gewesen!

So ein Flughafen schafft Fakten. In meinem Fall hieß das erste Faktum: »Der Flieger ist weg!« Ein anderes Faktum hieß: »Delia ist stinksauer!« Sie drehte sich einfach um und ging.

Ich hatte jetzt zwei Möglichkeiten: Entweder ich klappe den Kragen meines Trenchcoats hoch und sage: »Du hattest deine Chance, Baby!«, oder ich renne ihr hinterher. Ich tendierte zur ersteren Alternative, aber ich trug keinen Trenchcoat, also rannte ich ihr hinterher.

»Ich will nach Hause. Ich will dich nie wiedersehen!«

»Komm, hör auf! Das war nicht meine Schuld. Das war dieser blöde Regen, und der Stau, die haben das Kreuz Gremberg gesperrt! Glaub mir, das war höhere Gewalt!«

Sie ging mit! Sie ging mit zu meinem Wagen. Als wir dort ankamen, waren wir klatschnass. Das mit dem Trenchcoat wäre keine schlechte Idee gewesen.

»Fahr mich nach Hause!«

Ich würde einen Teufel tun. Hätte ich irgendeine Idee gehabt, wie ich das verhindern konnte, dann hätte ich sie zum Frühstück nach Paris, zum Mittagessen nach Pamplona und zum Abendessen zu einer holländischen Frittenbude gefahren, aber ich hatte keine Idee. Doch eines war mir sonnenklar: Wenn ich sie jetzt nach Hause fahre, dann sehe ich sie nie wieder.

Ich fuhr am Autobahnkreuz Flughafen in Richtung Bonn. Auf diesem Teilstück der A59 ärgere ich mich sonst immer über die Geschwindigkeitsbegrenzung – Tempo hundert auf einer schnurgeraden Strecke, das ist nichts als reine Schikane. Ich fuhr neunzig. Einige LKW-Fahrer blinkten mich fröhlich an. Wir fuhren in Bonn über die Nord-Brücke. Hier hatte sie mir bisher immer erzählt, dass da unten die Fahnenfabrik ist, wo sie als Studentin mal gejobbt hatte. Heute erzählte sie es nicht. Sie achtete wohl nicht auf die Straße. Ich hatte darauf gehofft, dass sie etwas sagen würde, ich hatte damit gerechnet. Sie tat es nicht. Ich war so perplex, dass ich das Autobahnkreuz Bonn-Nord glatt verpasste. Sie achtete scheinbar wirklich nicht auf die Straße, sonst hätte sie sicher gemerkt, dass wir in die falsche Richtung fuhren.

Verpasste Autobahnkreuze können auch eine Chance sein. Wenn ich anhalte, ist sie weg. Ich würde weiterfahren, der Tank war voll. Beim nächsten Stopp würden wir schon hinter München sein. Plötzlich drehte sie ihren Kopf: »Was soll das, fahr mich nach Hause!«

»Delia, bitte versteh doch, dass …«

»Nein. Lass mich aussteigen! Sofort!«

Wir waren mitten auf dem Kreuz Meckenheim, und ich war einfach nicht bereit, eine 35-jährige Marktleiterin, die aussah wie eine 32-jährige Marktleiterin, an irgendeinem Autobahnkreuz rauszulassen! Ich nahm die nächste Ausfahrt, Bad Neuenahr-Ahrweiler, und hielt an.

»Was soll das denn? Du könntest wenigstens so viel Anstand haben, mich zur nächsten Telefonzelle zu fahren!«

Ja, da hatte sie Recht, es war schon eine Scheißidee, so ganz ohne Telefon in Bad Neuenahr-Ahrweiler. Aber daran war sie immerhin nicht ganz unschuldig. Delia war es, die gesagt hatte: »Ich sehe für unseren Urlaub ein Problem. Wir liegen gerade zwei Stunden am Strand, dann ruft dein Chef an, und zack, sitzen wir wieder im Flugzeug nach Hause!«

Schon damals dachte ich, es wäre eine Schnapsidee, aber an diesem 13. Oktober war ich für die Schnapsidee ziemlich dankbar: »Keine Handys!«

Ich fuhr zur nächsten Telefonzelle, und sie stieg tatsächlich aus! Ich saß im Wagen, und ich musste mir ansehen, wie die große Liebe meines Lebens für immer in diesem Glasverschlag verschwand. Ich saß einfach nur da, über das Lenkrad gebeugt, in diesem Autositz, dessen Sprungfedern mir auf langen Überlandfahrten Olympische Ringe in den Hintern zauberten.

Vor mir liefen Tagträume ab, Träume, in denen ich sie mit zwei blonden Kindern, Pfannen voller Schlemmerfilet à la Bordelaise vor sich hertragend, aus unserer Villa laufen sah, während ich von der Arbeit kommend aus meinem silbernen Mercedes stieg ... O.k., ich hatte jetzt keine Villa und keinen silbernen Mercedes, aber ich träumte ja auch nur. Plötzlich klopfte es an der Villa!

An der Villa ...? Sie klopfte an meinen Golf und sagte: »Diese bekifften Telefonzellen nehmen gar keine Münzen mehr!«

Sie stieg ein. Ich weiß nicht genau, wie oft ich in den letzten sechsunddreißig Monaten am Steuer des Golfs gesessen hatte und sie daneben, aber ich weiß ziemlich genau, ihre bloße Anwesenheit hatte ich selten so genossen. Eigentlich wollte ich vor Rom nicht mehr anhalten, aber schon nach wenigen Minuten hatte mich die Realität eingeholt: »Da ist eine Kneipe, von da aus kann ich Bettina anrufen, halte hier auf dem Bürgersteig!«

Sie überquerte die Straße. »Zielstrebig« ist, glaube ich, das richtige Wort. Ich dackelte hinterher. Ich murmelte irgendwas von »Lieber Gott, bitte ...!«. Ich weiß, das klingt jetzt nicht sehr modern, aber ich bin dem lieben Gott noch heute ziemlich dankbar. Bettina war nicht zu Hause!

»Können wir uns vielleicht ein bisschen unterhalten, bis du Bettina erreichen kannst?«

Wir setzten uns an einen Ecktisch. Ein Kellner kam auf uns zu, dessen schwarzer Anzug auch schon bessere Zeiten gesehen hatte. Der Hosenboden glänzte wie die polierte Zapfanlage auf dem rustikalen Tresen.

Ich hätte jetzt gern ein Pils getrunken, aber das wäre der Situation irgendwie nicht angemessen gewesen. Alles war so unwirklich: Wir saßen zusammen, obwohl sie eigentlich schon weg war. Wenn ich jetzt ein Pils bestellte und sie ein Wasser, dann wäre das genau das Bild, das der geneigte Betrachter in den letzten Wochen häufig hätte sehen können. Ich ein Pils, sie ein Wasser.

Aber ich wollte nichts so lassen, wie es war, denn sie war eigentlich schon weg. Ich konnte keine bekannten Muster gebrauchen. Es musste irgendetwas Neues passieren.

»Welchen Wein können Sie empfehlen?«

Ja, da war schon ein bisschen Fassungslosigkeit in ihrem Gesicht. Ich und Wein? Der Kellner nahm davon keine Notiz. »Die Drei, die Vier und die Sieben, aber die Sieben ist ein Riesling, und hier an der Ahr sollte man eher einen Roten trinken!«

Machte es irgendeinen Sinn, nach dem Unterschied zwischen der Drei und der Vier zu fragen? Es würden wohl beide Rotweine sein. Rotweine gibt es in süß und in sauer, sie haben über zehn Umdrehungen, und man kann sie in der Flasche, im Fass oder im Tetrapak kaufen. Das war mein Kenntnisstand den Rotwein betreffend.

Halt, Martin, der erste Chefsemantiker aus der Agentur und ein großer Weinkenner, hatte mir mal erzählt, dass sie bei einer Weinprobe gewesen waren, wo einer der Anwesenden (… sagte man Weinprobanten?) sich völlig daneben benommen hatte, und da hatte ihm der Winzer (haha!) geraten (hähä!): »Sie sollten Ihre Fleischwurst darin tunken!«

(hohoho!)

Also: süß oder sauer, locker zehn Prozent, Flasche, Fass, Tetrapak, und man sollte keine Fleischwurst darin tunken. Das war mein Kenntnisstand den Rotwein betreffend.

Ich schaute zu Delia. Sie hielt drei Finger hoch.

»Die Drei bitte!«

»Für mich auch!«

Delia und Rotwein? Wasser, Cola light, Baileys oder in einer Cocktailbar oder der Bar ihres Fitness-Studios einen *Sex on the Beach*, aber Rotwein?

Wahrscheinlich schaute ich sie ein bisschen zu fragend an.

»Ich hätte mir eigentlich *Sex on the Beach* gewünscht, aber einer von uns beiden hat ja mutwillig den Flieger verpasst!«

Der Hosenboden des Kellneranzuges wäre längst nicht so glänzend gewesen, wenn der Mann nicht schon seit Jahrzehnten hier gearbeitet hätte. Seine immer noch vollen Haare waren sicher auch einmal tiefschwarz gewesen, ganz so wie die gute Bürste, mit der man beim Schuheputzen das Leder auf Hochglanz bringt. Damit hätten wir auch die Frisur treffend beschrieben, die aktuelle Farbe war nur noch mit Mühe als meliert zu bezeichnen. Das schwarze Haar war mittlerweile unter der grauen Mehrheit nur noch zu erahnen.

Er wusste natürlich, dass wir beide keine Ahnung hatten, was wir da bestellten. Ich war mir sicher, es war ihm auch ziemlich egal. Aber völlig überraschend erklärte er uns dann doch noch, was sich hinter der Drei versteckte. Vielleicht rechnete er mit Trinkgeld, ich weiß es nicht.

»Das ist ein Frühburgunder aus dem Jahr 1999, wenn der von 1999 aus ist, dann ist er von 2000«, sprach er und bewegte sich mit der gewissen Steifheit, durch die sich der gelernte und erfahrene Kellner bewusst von diesen jungen studentischen Aushilfskräften separiert, in Richtung Tresen.

»Ich versuch noch mal Bettina zu erreichen. Das war ne Scheißidee, die Handys zu Hause zu lassen!«

Immerhin, das war der erste Angriff, der sich nicht frontal gegen mich richtete. Sie hatte die Idee! Im Urlaub für nichts und niemanden, für keine Redaktion, für keine Agentur, nicht einmal für einen Fernsehsender erreichbar zu sein. Wer anderen eine Grube gräbt … Aber was sollte ich mich klammheimlich freuen, ich würde gleich Rotwein trinken müssen …!

Gelernte und erfahrene Kellner sind schnell. Oder sie können schnell sein, auch wenn ihre Berufskleidung Spuren aufweist, die darauf hindeuten, dass sie einen nicht unwesentlichen Teil ihrer Arbeitszeit damit zubringen, auf Stühlen rumzurutschen.

Unser Kellner an dem Abend war schnell. Die beiden Weingläser standen vor mir auf der gescheuerten Tischplatte, bevor Delia an den Tisch zurückgekehrt war.

Mir blieb noch genug Zeit, das Glas etwas genauer anzuschauen. Frühburgunder, nie gehört, er war rot, nicht unbedingt dunkelrot, aber rot, und er roch nach …, nach Rotwein, und ein bisschen nach Vanille.

Ich suchte mir das Glas aus, in dem fünf Tropfen

mehr drin waren, diese fünf Tropfen trank ich ab, damit sie denken konnte, ich hätte gewartet!

Er schmeckte auch nach Rotwein, und zwar angenehm nach Rotwein. Ich hatte mal einen, der mir so ein pelziges Gefühl auf der Zunge und den Zähnen hinterlassen hatte, aber die Drei war eben die Drei. Nicht süß und nicht sauer. Ein Pils wäre mir trotzdem lieber gewesen.

Delias Gesichtsausdruck war einer, der mir klar signalisierte, dass der liebe Gott eben manchmal einfach am anderen Ende der Leitung sitzt, um kleine Gebete von scheiternden Existenzen entgegenzunehmen.

»Das ist ein Frühburgunder!« Es ist unglaublich, welchen Blödsinn man erzählen kann, nur um nichts Falsches zu sagen. Sie sagte »Ich weiß!«, und ich wusste, ich hatte etwas Falsches gesagt.

»Magst du was essen?«

»Nein!«

Schon wieder falsch! Wir schwiegen uns an.

»Bettina müsste doch schon längst zu Hause sein!«

Schweigen! Was sollte ich sagen?

»Die Herrschaften noch eine Drei?«

Gelernte und erfahrene Kellner sind jederzeit in der Lage, mir darzulegen, dass Semantik eine völlig überflüssige Übung ist!

»Ja, gerne!«

Das war Delia, und sie ermöglichte mir dadurch ein schnelles »Mir auch!«. Ein klitzekleiner Ausweg geisterte durch meinen Kopf. Es war kein klarer Gedanke, eher ein Hoffnungsschimmer. Als die zweiten Gläser das silberne Tablett verließen, als das Glas meine Lippen erreichte, nahm dieser Gedanke Gestalt an: Wenn dieser Wein wirklich fast dreizehn Volumenprozente Alkohol beinhaltete, dann wäre meine Fahrtüchtigkeit jetzt schon ziemlich eingeschränkt. Vielleicht könnte sie noch mit einem absoluten Notfall argumentieren, aber nach einem dritten Glas müsste ich mich – notgedrungenerweise – weigern, noch in den Golf zu steigen.

»Ehrlich, Delia! Ich hatte mich total auf unseren Urlaub gefreut! Einfach mal abschalten, nur du und ich, ich hab mir das so vorgestellt wie in dieser Tui-Reklame, wo der Mann neben dem Plakat am Bahnhof steht, also völlig romantisch, ich …«

»Ich versuch noch mal, Bettina zu erreichen!«

Das war meine Chance! Mein Glas war fast leer, Delias noch halb voll, aber das konnte ich ja ändern. Ich winkte dem Kellner, der sofort kam (das Trinkgeld würde happig werden!): »Und noch zweimal die Drei!« Kurz darauf kam Delia zurück.

»Wir haben doch heute Freitag, nicht?«

»Ja sicher, warum?«

»Da ist Bettina im Fitness-Studio, dann müsste sie doch gegen zehn zu Hause sein!«

Ich hatte mittlerweile einiges Vertrauen zum lieben Gott gefasst, aber ich schickte noch kurz eine kleine Bitte hinterher. Vielleicht könnte Bettina ja gerade heute einen muskelbepackten, braun gebrannten Aushilfs-Brad-Pitt kennen lernen, der sie noch auf einen *Sex on the Beach* einlädt, und wenn sie das dann auch tatsächlich machen wollten, dann wären sie bis zum nächsten Strand schon einige Zeit unterwegs …

Eine Frau näherte sich unserem Tisch. Das musste einfach die Chefin sein. Die Figur ein bisschen rund, das Gesicht ein bisschen männlich, und die Kleidung ein bisschen altmodisch weiblich, aber sie wirkte ungeheuer lieb. Der Frühburgunder schickt einem seltsame Gedanken. Ich sah sie, und ich musste an Robin Williams in *Mrs. Doubtfire* denken!

»Schmeckt Ihnen der Wein?«

»Ausgezeichnet!«

»Möchten Sie auch was essen?

»Nein«

»Wir sind berühmt für unsere Bratkartoffeln mit Spiegelei.«

»Oh ja, aber nicht so eine Riesenportion, du auch Stefan?«

Wenn ich eine Frage gestellt hätte, die auch nur in etwa in diese Richtung gezielt hätte, hätte sie sicher nein gesagt, bei Mrs. Doubtfire sagte sie ja! Hatte ich damit ein Problem? Nein! Ich hatte ganz andere Probleme.

»Ich probier noch mal, Bettina zu erreichen.«

Bratkartoffeln sind einfach nicht gleich Bratkartoffeln! Die von Mrs. Doubtfire waren nicht zu knackig und nicht labberig, mit angebratenem Speck und mit (Achtung!) Kümmel. Das war mir so fremd wie der Frühburgunder. Drei Spiegeleier waren in einem sorgsamen Dreieck obendrauf drapiert, und wenn Delia gesagt hatte »Nicht so eine große Portion!«, dann hatte man sie entweder nicht verstanden, oder man hatte sie einfach ignoriert. Es war weit mehr, als man guten Gewissens essen sollte, aber es war genau die Portion, die man bei diesen Bratkartoffeln einfach essen wollte.

Der Mann betrat die Gaststube so gegen viertel nach elf. Er trug eine kleine goldfarbene Brille auf der kleinen Nase und einen nicht unbedingt als dicht zu bezeichnenden Vollbart. Er hängte seine grüne Wachsjacke mit Cordkragen an den Garderobenständer am Eingang, nickte uns zu, ohne uns wirklich wahrzunehmen, rieb sich die Hände, als wollte er sich an einem imaginären Kamin aufwärmen, und ging zum Tresen.

Delia hatte Bettina immer noch nicht erreicht. Ich hatte beschlossen, öfter mal eine Kirche zu besuchen. Die Bratkartoffeln waren bis auf das letzte Fitzelchen verputzt, und der Kellner kam an unseren Tisch.

»Wenn Ihnen der Wein geschmeckt hat, das ist Wolfgang Heller, der Winzer, der ihn gemacht hat, darf ich Ihnen den Herrn vorstellen?«

Es war mir peinlich! Wenn der mir jetzt irgendeine falsche Frage stellte, dann war ich geliefert.

»Und? Ihnen hat mein Wein so gut geschmeckt? Dann warten Sie mal den 2003er ab, der wird noch deutlich besser!«

»Na, da bin ich ja mal gespannt!«

Wolfgang lächelte und legte uns eine Visitenkarte auf den Tisch.

»Wenn Sie Lust haben, kommen Sie doch mal vorbei. Wir haben ein schönes Weingut und eine kleine Probierstube, ich zeige Ihnen gerne alles. Guten Abend!«

Er ging wieder zurück zum Tresen, er hatte wohl was Besseres vor, als sich mit uns zu unterhalten. Das konnte ich ihm beim besten Willen nicht verdenken!

Und Wolfgang trank ein Pils, na, das ist ja mal ein ziemlich sympathischer Winzer! Der Kellner zapfte das

Bier, schaute dann auf die Uhr und kam an unseren Tisch: »Die letzte Runde!« Ich nickte.

»Kannst Du eigentlich noch fahren?«

So, jetzt würde der Abend seine entscheidende Wendung nehmen. Natürlich konnte ich nicht mehr fahren, dafür hatte die Drei schon gesorgt. Jetzt durfte ich nur nicht schuldbewusst gucken, nichts erklären, ich musste mich einfach ganz normal verhalten, vielleicht sogar selbst ein bisschen überrascht sein: »Wo denkst du hin?«

»Ja, und … was machen wir jetzt?«

Der Kellner nahm die beiden Weingläser vom Tablett und stellte sie vor uns auf den Tisch.

»Haben Sie Gästezimmer?«

»Moment, da muss ich die Chefin rufen.«

Mrs. Doubtfire erklärte uns, dass sie drei Gästezimmer habe und dass davon zwei besetzt seien.

Das war jetzt fast zu kitschig. Mir fielen unwillkürlich einige Spielfilme ein, in denen Rock Hudson und Doris Day abends nur noch ein Hotelzimmer kriegen können. Delia ging es wohl genauso, aber auch dieses Mal war Bettina nicht zu erreichen.

»Was macht die bloß die ganze Nacht?«

»Vögeln!«

»Dass das klar ist: Auch wenn wir in einem Zimmer schlafen, wir haben uns getrennt! Und ich habe keinen Sex mit meinem Ex!«

»Nee, is klar!«

Mit einem gewissen Strahlen quittierte der Kellner sein Trinkgeld, aber er hatte es sich auch verdient!

Wir gingen aufs Zimmer. Unser Gepäck war mit einigem Erstaunen beobachtet worden. Wenn man mit Mühe und aus Versehen noch eine Übernachtung ergattert, hat man normalerweise nicht den Aluminium-Rimowa-XXL in zweifacher Ausführung dabei.

Das Gästezimmer dieser Gaststätte sah aus, wie ein Gästezimmer in Gaststätten halt aussieht, ein gerahmter Kunstdruck mit einer alten Landkarte hing über dem großen Eichenholzbett, zwei kleine Nachttischchen mit dazugehörenden Lämpchen standen an den Seiten, aber es war sauber, und es hatte ein Bad mit Dusche im Zimmer, und nicht auf dem Flur.

Ich öffnete den Koffer und zog den Schlafanzug heraus, den ich in diesem Urlaub eigentlich nicht benutzen wollte. Delia kam aus dem Bad, sie war barfuss und trug ein überlanges T-Shirt.

Sie schlug das Bett auf und zog sich die Bettdecke bis an den Hals. Sie wollte keinen Sex mit mir, das hatte ich schon begriffen, aber sie drehte sich einfach um und murmelte »Gute Nacht!«. Das war schon ein bisschen wenig!

Der Burgunder

Die Wissenschaft kennt heute ca. 10 000 verschiedene Sorten der vitis vinifera. *Das ist lateinisch und botanisch und heißt so viel wie Weinrebe. Die* vitis vinifera *war eigentlich eine wilde Pflanze, die sich schon lange in den französischen Wäldern breit gemacht hatte, bevor der erste Bauer mit seiner Baskenmütze und der Gitanes im Mundwinkel in einem Bistro saß, Baguette und Käse verspeiste und sich dann überlegte: »Mensch, da fehlt doch noch was.«*

Nicht einmal da kam er auf die Idee, diese komischen Trauben, die da überall im Wald rumhängen, die press ich doch jetzt mal aus, und dann kelter ich die, und hau mir zum Käse erst mal ordentlich eins auf die Glocke. Nein, die Idee wurde importiert, aus Griechenland oder aus dem nahen Osten, man kann auch immer schön sagen, aus Phönizien. Niemand weiß so recht, ob das stimmt, aber die Phönizier hatten ja bekanntlich Schiffe, die alles Mögliche nach Westeuropa schafften, warum nicht auch mal 'ne Idee.

In Burgund wird fast nur Pinot Noir angebaut, und das nicht unbedingt, weil die Winzer es so wollen, nein, das ist seit Jahrhunderten so, weshalb sollte man es also ändern, und wo kämen wir denn da hin? Die Trauben des Pinot Noir sind auffallend klein, mit vielen eher dünnschaligen Beeren. Es ist praktisch die einzige Sorte an der Côte d'Or. Der Wein ist nicht sehr gerbstoffreich, deshalb ist er auch schon viel früher trinkreif als z.B. der Cabernet Sauvignon in Bordeaux.

Dennoch bringen es gerade die großen roten Burgunder im Alter zu einer Geschmacksfülle, Vollmundigkeit und Ausgewogenheit, dass man ins Schwärmen kommen könnte, wenn man schon mal einen getrunken hätte. Sie können ja gern mal Ihr Auto verkaufen und sich von dem Geld eine Flasche Romanee Conti von 1961 kaufen, um es selber auszuprobieren.

An der Ahr findet man herrliche Burgunder zu durchaus annehmbaren Preisen. Hier unterscheidet man zwischen Früh- und Spätburgundern. Zu über achtzig Prozent wird an der Ahr Rotwein angebaut, weit überwiegend der Spätburgunder, eine sehr engbeerige Traube, die, von engagierten Winzern vinifiziert, Weine erzeugt, die eine tiefrote Farbe haben, einen Duft, der an Kirsche und Johannisbeere denken lässt, und einen Geschmack, der ein kleines Feuerwerk auf der Zunge hinterlassen kann. Ganz sicher zählen diese Spätburgunder von der Ahr zu den besten Rotweinen Deutschlands, einige müssen sich auch nicht vor ihren französischen Namensvettern verstecken.

Natürlich würde der Spätburgunder nicht Spätburgunder heißen, wenn es nicht auch eine frühere Variante gäbe.

Der Frühburgunder hat eine dickere Schale, ist oft nicht so farbintensiv wie sein späterer Kollege, vielleicht ein wenig leichter im Geschmack, dafür aber ausgesprochen fruchtig, und die Farbe haben einige Winzer an der Ahr auch durchaus hingekriegt. Gute Frühburgunder sind volle, seidige Weine.

O.k., wenn Ihnen jetzt einer erzählt, in Burgund gäbe es auch einen Frühburgunder, der hieße dort Pinot Madeleine, dann hat der auch nicht völlig Unrecht, aber gebräuchlich ist der Begriff da wirklich nicht.

Wenn Sie bei Tisch ein wenig glänzen wollen, dann können Sie ja mal ihren Burgunder im Glas schwenken, dabei die Augenbrauen ein wenig hochziehen und in die Runde fragen: »Wissen Sie eigentlich, dass eines der wichtigsten Produkte der Pinot Noir nicht rot ist? Nein? Es ist der Champagner, der wird hauptsächlich aus Pinot-Trauben hergestellt. Der rote Farbstoff befindet sich nämlich in der Schale, und wenn die nicht gepresst wird, dann bleibt der auch da drin.«

Mit ziemlich großer Wahrscheinlichkeit wissen die das nicht, und Sie werden erkennen, wie viel Spaß es macht, bei Stehpartys Weinverstand an den Tag zu legen, ob man den jetzt hat oder nicht.

Nicht nur der liebe Gott!

So fangen Urlaubstage an! Ich wurde wach, und ich spürte die Wärme der ganz großen Liebe meines Lebens. Ich lag einige Minuten nur still da und betrachtete dieses Gesicht. Delias Haare sind dunkelbraun, würde ich sagen, sie nennt es Dunkelblond, in unterschiedlichen Blondvarianten, die fast an Schwarz heranreichen. Das ändert sich mit jedem Frisörbesuch, aber die beiden, also Delia und ihre Frisörin, haben einiges Talent darin, die jeweils neuen Farben so auszusuchen, dass sie mit den dunkelbraunen Augen harmonieren.

Delia ist am schönsten, wenn sie gerade aufwacht. Wenn sich ihr Busen unter dem T-Shirt, das sie gerade als Nachthemd auserkoren hat, unrhythmisch hebt und senkt, wenn ihre Lippen sich bewegen, als wollte sie gerade irgendwas sagen, wenn ihre Augen blinzeln, sich das Näschen kraust. Dann streckt sie sich, dann schlägt sie immer die Decke weg. Es ist einen Moment lang so, als würde sie weiterschlafen. Aber dann beugt sie sich über mich, küsst meine Augen, die ich vorher ganz schnell wieder zugemacht habe, damit sie denkt, ich schlafe noch, und sagt: »Guten Morgen, mein Liebling!«

So fangen Urlaubstage an! Heute war aber keiner. Sie hatte mich nicht wach geküsst, sie hatte schon geduscht und trug jetzt eine weiße Jeans und einen weißen BH!

Dieser Anblick wurde mir aber sofort durch das Überziehen einer hellblauen Bluse entzogen.

»Guten Morgen, Bratbär!«

»Ich will sofort nach Hause!«

Also, der »Bratbär« hatte vorher nie seine Wirkung verfehlt. Sie meinte es wirklich ernst! Die weiße Jeans hatte ich vorher nie an ihr gesehen, wahrscheinlich hatte sie die extra für die Malediven gekauft.

Der Morgen war für einen Kater wie geschaffen, aber ich hatte keinen. O.k., ich hatte schon das Verlangen, die Zahnbürste aus dem Alu-Rimova-XXL zu kramen und meinem Mundraum mit etwas Menthol auf die Sprünge zu helfen, aber es ging mir gut. Es ging mir so gut, dass ich mir jetzt doch mal grundlegend einige Fragen beantworten musste.

Sicher, ich hätte früher aus dem Büro verschwinden müssen. Gut, ich kannte die Abflugzeiten ganz genau. Na ja, ich hatte uns dadurch einen tollen Urlaub versaut, den wir gemeinsam geplant hatten, um endlich mal ein bisschen Zeit für uns zu haben. Aber ich hatte mich, verdammt noch mal, zehnmal dafür entschuldigt. Von irgendwas muss man schließlich leben. Ich war einfach im Recht.

Wenn es gar nicht anders ginge, wenn sie jetzt einfach kein bisschen nachgeben würde, dann hatte sie es einfach nicht anders verdient, dann sollte sie eben wie Bettina im Fitness-Club Aushilfs-Brad-Pitts anbaggern, und ich würde dann …

Nein, sollte sie nicht!!!

Ich hatte noch nie einen begossenen Pudel in freier Wildbahn gesehen, aber wenn man mir an diesem Morgen einen Spiegel vors Gesicht gehalten hätte, ich wüsste jetzt, wie einer aussieht!

Ich hatte sie immer »die große Liebe meines Lebens« genannt. An dem Morgen befürchtete ich: »Sie ist es!«

Am Blick von Mrs. Doubtfire konnte ich erkennen, dass sie bestimmt nicht davon ausgegangen war, in uns ein LP. i. A. – ein Liebespaar in Auflösung – vor sich zu haben.

»Na, heute Morgen kommt ein kräftiges Frühstück doch gerade recht! Möchten Sie ein oder zwei Eier?«

Da kann man als Werbesemantiker doch auch in der absoluten Provinz noch etwas lernen!

»Eins!«

»Ich auch nur eins!«

Ich bin hundertprozentig sicher, hätte sie gefragt: »Möchten Sie ein Frühstücksei?«, hätten wir beide einfach »Nein, danke!« geantwortet. So macht man Umsatz!

Ich kenne Hotelfrühstücke eigentlich nur als Buffet. Da schnappe ich mir dann den Teller und sprinte direkt an den aufgeschnittenen Lachsen vorbei, das Roastbeef kaum wahrnehmend und die Müsli-Ecke komplett ignorierend zu den Rühreiern und den kleinen Bratwürstchen. Ich kann nämlich keine guten Rühreier machen, und ich würde mir niemals Bratwürstchen zum Frühstück gönnen – ein Nürnberger Rostbratwürstchen, ein ganz, ganz kleines, hat laut Weight-Watchers mehr Punkte als ein Schnellkochtopf voll Kartoffeln.

Mrs. Doubtfire brachte uns einen Teller mit Aufschnitt und einen mit Käse, sechs Päckchen mit unterschiedlichen Marmeladen, einen Porzellan-Honigtopf mit Porzellan-Biene obendrauf, kleine Mini-Tee- und Leberwürste, Butter, die wahrscheinlich mittels kleiner Förmchen in lustige Rosetten gepresst worden war, dazu einen Korb mit Brot und Brötchen und einen Kaffee, der es in sich hatte! Sie entschwand wieder in die Küche und kehrte drei Minuten später zurück, mit zwei blauweißen Eierbechern samt Inhalt.

»Guten Appetit«, sagte sie freundlich.

Ich ging mal davon aus, scheinbar hatte man den morgens halb zehn in Ahrweiler, und man würde ihn brauchen, um zumindest den Anteil des Frühstücks zu verputzen, der Mrs. Doubtfire davon überzeugen würde, dass es einem geschmeckt hatte.

»Immerhin steht auf dem Tisch nicht so ein Tischabfallbehälter, in dem man die Reste der Leberwurst und der Marmelade entsorgen kann!«

Delia lachte ein bisschen in sich hinein, ich versuchte mittels des Kaffeelöffels das Ei zu enthaupten, und Mrs. Doubtfire erschien wieder an unserem Tisch.

»Entschuldigung, ich hatte den Tischabfallbehälter vergessen!«, sprach sie, stellte das Ding freudestrahlend auf unseren Tisch und lächelte noch kurz, um abzuwarten, ob noch eine Antwort entgegenzunehmen wäre.

Ich hatte diesen Reflex, aber ich konnte ihn gerade noch besiegen:

»Ich hätte gerne eine Zeitung!«

Genau diesen Satz sagte ich nicht. Nicht nur, weil ich genau wusste, dass dieser Satz dazu geführt hätte, dass Delia im Notfall zu Fuß nach Hause gegangen wäre, nein, an diesem Morgen war es mir tatsächlich völlig egal, was die in Berlin verzapfen, wo der DAX gelandet oder wie schwanger Verona Feldbusch gerade war.

Es interessierte mich nicht einmal, welcher Untertext in der BILD unter dem Oben-ohne-Foto auf der ersten Seite stand, den zu lesen normalerweise eines meiner Hobbys war. Diese Unterzeilen waren die Passion der ganzen Agentur. Bei Wulf, Wulf & Wulf gab es Männer, die den Text schon morgens vor der Frühstückspause auswendig konnten. Doch hier in diesem Frühstücksraum des Goldenen Hirschen brauchte ich keine Zeitung. Ich ging einfach meiner momentanen Lieblingsbeschäftigung nach. Ich sah Delia an und hoffte auf ein Wunder.

Delia stand auf.

»Ich gehe nach oben. Packen!«

»Ja, o.k. Darf ich dir was sagen?«

Sie drehte sich zu mir um.

»Du siehst super aus!«

Sie sagte darauf nichts, aber ich glaube, sie hat schon ein bisschen gelächelt, als ich es nicht mehr sehen konnte.

… Half nichts, sie würde heute Nachmittag weg sein, sehr weit weg. Und ich würde durch das Zimmer tigern und mir einen Text einfallen lassen, wie:

Der Zoowärter Albert K. wird beschuldigt, am 17. Oktober gegen 16:00 Uhr durch Verletzung seiner Aufsichtspflicht fahrlässig eine schwere Körperverletzung des Klägers Hartmut M. herbeigeführt zu haben. Der Star-Fotograf Hartmut M. besuchte an jenem Herbsttag in Begleitung der Klatsch-Reporterin Sieglinde G. den Tierpark Castrop-Rauxel, um dort zwei neugeborene Tiger-Babys abzulichten.

Hartmut M. betrat zusammen mit Albert K. das

Außengehege, während die seit ihrer Geburt von einer Katzenhaarallergie geplagte Sieglinde G. in sicherer Entfernung zum Gehege blieb.

Der Angeklagte Albert K. sagt aus, er sei sich sicher, die Verbindungstür zu den Käfigen mit den erwachsenen Tieren geschlossen zu haben. Er könne sich selbst nicht erklären, wie nach ca. zehn Minuten Shir Khan, das Muttertier, in den Außenbereich gelangte. Er habe noch versucht, die Großkatze zu beruhigen, doch das Tier habe nur kurz gefaucht und sei daraufhin sofort auf Hartmut M. zugesprungen. Dieser habe zunächst seine Kamera und dann die Flucht ergriffen, sei dann über eine Mauer gesprungen und tief im Beton-Graben gelandet, der das Gehege umgibt. Dabei habe er sich die Hüfte gebrochen. Nun verlange Hartmut M. Schmerzensgeld, obwohl die während der Flucht aus der später gebrochenen Hüfte geschossenen Fotos vom angreifenden Tiger bereits ein fürstliches Honorar nach sich gezogen hätten.

Plötzlich betritt Ernesto H. den Gerichtssaal und bittet Frau Dr. Barbara Herzog, eine wichtige Aussage machen zu dürfen. Er habe eine Detailvergrößerung von M.s Fotos vorgenommen, weil er die kleinen Tiger so süß gefunden habe. Auf dieser Vergrößerung sei nun zweifelsfrei zu erkennen, wie sich die Reporterin Sieglinde G. an den Gehegen zu schaffen gemacht habe.

Im Kreuzverhör durch den Staatsanwalt bricht diese schließlich zusammen: Ja, sie habe den Tiger ins Gehege gelassen – aus Hass auf Hartmut M. Dieser hätte sie zu privaten Nackt-Fotos überredet, das Foto-Material aber später digital überarbeitet und an die Zeitung verkauft. Nicht die Tatsache, dass die Fotos überhaupt veröffentlicht wurden, hatte zu ihrem Hass geführt, sondern der Umstand, dass er ihren Kopf gegen den einer ihr unbekannten Wasserstoffblondine ausgetauscht hatte. Dermaßen enthauptet schien es ihr nur gerechtfertigt, dass er bald seinerseits auf das eine oder andere Körperteil verzichten müsste.

Die Schmerzensgeld-Forderung gegen Albert K. war nun natürlich gegenstandslos. Sieglinde G. wurde in einem späteren Verfahren wegen versuchten Totschlages zu drei Jahren Haft verurteilt, ihre Jahreskarte für den Tierpark Castrop-Rauxel wurde eingezogen.

»Das sieht aber gar nicht gut aus, hm?«

Ich markierte in Gedanken die gesamte Passage mit den Tigern, drückte auf »Löschen« und fand mühsam in die Frühstücksszenerie zurück.

Mrs. Doubtfire war gerade damit beschäftigt, Delias Geschirr abzuräumen, sie schaute mich mit diesen so ungeheuer wissenden Augen an, die ich jetzt überhaupt nicht brauchen konnte, und sagte: »Ich meine, es läuft nicht gut zwischen Ihnen beiden?«

»Es läuft überhaupt nicht mehr! Sie will nach Hause. Ich werde sie nach Hause fahren. Und dann war es das!«

»Aber Sie lieben sie doch!«

»Sie glauben nicht, wie sehr ich sie liebe …, und Sie glauben nicht, wie egal ihr das ist!«

Delia kam zurück an den Tisch.

»Kannst du die Koffer runterholen?«

Mrs. Doubtfire näherte sich mit einem strahlenden (verlogenen) Lächeln.

»Wie lange werden Sie bei uns bleiben?«

»Wir reisen heute wieder ab. Unsere Übernachtung war mehr ein Versehen.«

Nein, was war Mrs. Doubtfire ob dieser Antwort enttäuscht, und vor allem: Was war sie überrascht!

»Wolfgang hat Ihnen extra ausrichten lassen, heute Vormittag sei er im Weinberg, aber nach 13 Uhr könnten Sie gern vorbeikommen. Vielleicht wandern Sie mal ein bisschen durch die Weinberge, und dann besuchen Sie den Wolfgang, und dann können Sie ja immer noch abreisen. Wir sind ja den ganzen Tag hier. Sie könnten Ihre Koffer auf dem Rückweg abholen.«

Jetzt bekam ihr Blick einen träumerischen Ausdruck: »Den Wolfgang müssen Sie wirklich kennen lernen. Das ist ein Rebell! Aber das werden Sie ja sehen.«

Das deutsche Weingesetz von 1971

Tja, die Rebellen! Man braucht sie, um verkrustete Strukturen aufzubrechen. Und selten waren sie so verkrustet wie im deutschen Weinbau.

Wenn man einem deutschen Beamten sagt, beim Inhalt einer Flasche handele es sich um ausgezeichneten Wein, so wird er erst einmal entgegnen: »Moment mal, wer hat den Wein denn ausgezeichnet, wie kommt der überhaupt dazu, sind Bodenproben entnommen worden und: Liegt überhaupt eine wasserrechtliche Genehmigung vor?«

Ich gebe natürlich zu, dass ich diesen Fragenkatalog willkürlich und grob fahrlässig gekürzt habe. Aber es ist schon so: Das deutsche Weinrecht hat es geschafft, dass das Weinschaffen in Deutschland in einer Art reglementiert und verwaltet wird, dass man einen »Auslese-Wein« – nach den amtlichen Qualitätskriterien immerhin eine sehr hohe Stufe – im ALDI für 2,98 € kriegt und andererseits die erhabene Cuvée eines findigen Winzers, die auf dem Gaumen des geneigten Trinkers einen regelrechten Abenteuerfilm ablaufen lässt, nach eben jenen amtlichen Qualitätskriterien noch nicht einmal ein »Kabinett-Wein« ist.

Wie kam es denn nun zu diesem Dilemma? Nun: Einst, oder genau genommen, kurz vor 1971, saßen zwei Beamte, nennen wir sie Herr Müller und Herr Thurgau, die saßen im Ministerium und langweilten sich. Da sagte der eine:

»Was wollen wir machen, das Aquarium säubern oder Winzer ärgern?«

Dummerweise entschieden sie sich für Letzteres. Sie entwarfen ein untrügliches System, um die Qualität von Wein zu bewerten. Unzählige Gourmets degustieren sich einen Wolf auf die Zunge; wenn vier in einer Runde sitzen, und man hat hinterher nur drei verschiedene Meinungen, dann hat man wahnsinniges Glück gehabt. Wir hatten es aber, kurz vor 1971, nicht mit unzähligen Gourmets zu tun, sondern mit unseren beiden Beamten. Da sagte wahrscheinlich der Herr Müller: »Jeder Wein hat Alkohol, wir sagen einfach, der, der am meisten Alkohol hat, ist am besten.« Darauf Thurgau: »Nee, das können wir nicht machen, dann ist der Stroh-Rum der beste Wein, und der kommt aus Österreich!«

So wird es denn hoffentlich nicht gewesen sein, aber doch bleibt die Erkenntnis, dass der Zuckergehalt der Trauben zur Lesezeit der einzige Qualitätsmaßstab für Deutsche Weine ist, das bedeutet, dass schnöde, fürchterlich süße Erzeugnisse, von schwachen Winzern auf mittleren Lagen durch früh reifende Traubensorten gekeltert, die gleiche Qualität haben sollen wie das Ergebnis einer langen Nacht im Keller eines kreativen Wahnsinnigen, also eines engagierten Winzers, zumindest, wenn man die Qualitätsmaßstäbe des unseligen deutschen Weingesetzes von 1971 anwendet.

Natürlich gibt es herrliche Auslesen oder Beerenauslesen, und doch muss man erwähnen, dass einige Winzer ganz auf die hohe Einstufung nach der herkömmlichen Qualifizierung verzichten und schlicht und einfach »Tafelwein« herstellen, um die gesetzlichen Vorgaben zu um-

gehen, die einen französischen Winzer ins Pastis-bedingte Koma treiben würden. Man findet heute in Deutschland exzellente Weine, die heißen nicht mehr »Oggersheimer Purzelbaum Spätlese« sondern einfach »Selektion« oder »A« oder »B« oder »C«.

Wenn Sie die Wahl haben, sollten Sie auf den Purzelbaum verzichten.

Ich schaute Delia lange an. Wenn ich eine Chance haben wollte, dann musste ich jetzt diplomatisch vorgehen. Wenn ich anfinge zu betteln, dann konnte ich die ganze Operation in die Tonne treten, und das, wo sich Mrs. Doubtfire so viel Mühe gegeben hatte.

»Willst du nicht Bettina anrufen?«

»Nee, wenn die die ganze Nacht nicht zu Hause war, dann will sie auch morgens nicht gestört werden.«

»Wir könnten von Bad Neuenahr nach Dernau wandern.«

»Wandern? Du?«

Sie hatte Recht. Schon der Gedanke ließ meine Kondition komplett in die Knie sinken. Weinberge heißen ja Weinberge nicht nur, weil da Wein wächst, sondern auch, weil es da bergig ist! Andererseits ist die Ahr ein Fluss, und das bürgt für nicht zu große Steigungen. Egal, ich war schon bereit, einige körperliche Mühsal auf mich zu nehmen.

»Wir werden zu diesem Wolfgang fahren, um Punkt 13:00 Uhr, und von da holt mich Bettina ab, denn du hast dann wahrscheinlich wieder genau das eine Glas zu viel getrunken!«

Das sagte sie, und dann war sie weg. Verschwunden in der Stadt! Bad Neuenahr! Ich konnte mir einfach nicht vorstellen, dass sie in einer Kurstadt wie Bad Neuenahr die Schuhe finden würde, die sie jetzt gerade brauchte. Aber es gibt für Delia seelische und körperliche Verfassungen, in denen sie nicht in eine Stadt geht, um keine Schuhe zu kaufen! Gerade jetzt, da war ich mir sicher, war sie in dieser seelischen und körperlichen Verfassung.

»Ratlos«, das ist ein dummes Wort, ungefähr so dumm wie »begossener Pudel«. Ich saß an diesem Tisch, der mal ein Frühstückstisch gewesen war. Jetzt zeugten nur noch einige Brötchenkrümel, ein gelber Rühreifleck auf der Tischdecke und ein golden glänzendes Butterpapierchen davon. Letzteres hatte den Weg in den Tischabfallbehälter scheinbar nicht gefunden. Die Koffer waren noch auf dem Zimmer, aber da würden sie nicht bleiben. Ich war ein verliebter Mann, und ich fragte mich, warum ich gerade jetzt ein verliebter Mann war.

Wie lange waren wir jetzt zusammen?…

Ich fürchte, jetzt wird es allmählich Zeit für einen Einwurf des Autors, denn wenn Sie die Geschichte nur aus Stefans Sicht hören, dann, wie soll ich es sagen, dann kennen Sie wirklich nur die eine Seite der Medaille, und zwar die bunt schillernde Seite. Ich bin natürlich weit davon entfernt, Ihnen hier zu erklären, Stefan würde nicht die Wahrheit sagen. Nein, nein, das würde er. Stefan ist eine ehrliche Haut. Aber dieses Erlebnis, Delia kennen gelernt zu haben, das hat sich in seiner Erinnerung in den letzten Jahren wohl ein bisschen verklärt. Stefan ist halt ein Geschichtenerzähler. Seine Version wurde im Laufe der Zeit immer mehr zu der Geschichte einer Eroberung, und gerade wenn Delia mit im Spiel ist, sollte man lieber beide Seiten betrachten.

Nun, Delia ist also Marktleiterin im Nüssgen-Lebensmitteldiscount in Brühl, und sie gibt sich viel Mühe ihren Laden als ein »sinnliches Erlebnis« erstrahlen zu lassen, ihn damit von den normalen Edekas, Kaisers und Penny-Märkten dieser Welt abzuheben. Delia arrangiert die Melonen und Ananasse als »Anblickserlebnisse«!

Im Jahr 2000 wurde Delia als erfolgreichste Marktleiterin der ganzen Kette im Bezirk Nordrhein gefeiert und durfte deshalb als Vertreterin der Verkäuferfront dabei sein, als die bei der Werbeagentur Wulf, Wulf & Wulf die Umsetzung ihrer neuen Werbestrategie für die Nüssgen-Märkte präsentierten. Bei dieser Präsentation war auch Stefan Dittrich anwesend, zweiter stellvertretender Chefsemantiker von Wulf, Wulf & Wulf. Stefan war seinerzeit zuständig für die Abteilung Strategy. Leiter der Abteilung Strategy war eigentlich Wulf, also genau genommen Wulf II, die Nummer zwei in der Agentur hinter Wulf I, auch genannt der Leitwulf. Und hätte Wulf II nicht diesen Nachnamen gehabt, und wäre er nicht der zweitälteste der Wulf-Brüder gewesen, dann hätte er niemals diese Stellung bekommen. Wulf III ist übrigens ein durchaus Pfiffiger und Neffe von Wulf I und Wulf II.

Bei der Strategie-Präsentation für die Nüssgen-Markt-Kette war Wulf II in Cannes beim International Advertising Festival. Das ist dieses Festival, bei dem die Sieger die Löwen kriegen und alle Nominierten hinterher auf der so genannten Cannes-Rolle erscheinen. Wulf II war seinerzeit champagnerglasschwenkend dabei, obwohl Wulf, Wulf & Wulf bei der Cannes-Rolle noch nie eine gespielt hatten. Wäre Wulf II damals nicht in Cannes gewesen, dann wären Stefans Strategie-Ideen natürlich von Wulf II vorgestellt worden, und die Agentur hätte den Auftrag auch nicht bekommen.

So aber konnte Stefan die Vorstände der Nüssgen-Märkte endgültig überzeugen mit seiner Strategie: »Wir verkaufen in einen vollen Kühlschrank!«

Delia fragte bei diesem Punkt der Präsentation nach.

»Ich habe das so weit verstanden, aber nur zu meiner Orientierung: Was befindet sich denn zurzeit in Ihrem Kühlschrank?«

Stefan stammelte: »Ääh, eine Flasche Prosecco, eine Packung Knack und Back, deren Verfallsdatum garantiert schon abgelaufen ist, eine Dose Ravioli, ähm, eine halbe Dose Ravioli, Lätta und ääh, drei Eier. Aber ich habe einen Single-Haushalt, ich bin Lebensmittel-wenig-Verwender, ich gehöre also nicht zur Kernzielgruppe, die wir mit unserer Strategie ansprechen wollen!«

Vor der Tür des Besprechungsraumes hörte Stefan plötzlich seinen Namen: »Äh, Herr Dittrich … ?« Es war Delia, die drei Informationen aufgenommen hatte. Erstens: Single. Zweitens: leerer Kühlschrank. Und drittens mal so rein äußerlich: Er gefiel ihr. Dunkle gut geschnittene Haare, ein ganz kleiner Hauch von Grau, und diese witzigen Ohren, das linke war perfekt, und das rechte stand ein bisschen ab.

Das war schon witzig, denn Delia hatte mal einen Border-Collie, bei dem ein Ohr aufrecht stand und eines runterhing, und als Stefan etwas von dieser Packung Knack und Back und einer halben Dose Ravioli erzählte, da guckte er auch so ein bisschen wie dieser Hund.

Es ist wirklich gut, dass die beiden nie über diese Geschichte gesprochen haben, denn Stefan mag Hunde eigentlich gar nicht, weil ihm als kleiner Junge mal einer ins Ohr gebissen hat. Das ist übrigens der Grund, weshalb es bis heute noch ein kleines bisschen absteht.

Aber wo wir gerade bei Hunden sind: Wenn so ein kleiner Kläffer hinter einem Auto herrennt, und wenn das Auto dann tatsächlich anhält, dann steht der Hund völlig verdattert vor dem Ungetüm und weiß nichts damit anzufangen. So ungefähr stand Stefan damals vor Delia. Wie gut, dass in diesem Moment Wulf III auf die beiden zutrat, weil ihn eine Idee überkommen hatte, wie man die Geschäftsbeziehung zwischen Agentur und Kunde in so was von trockene Tücher packen konnte.

»Die Agentur hat ein kleines Kontingent an Karten für das Konzert im Tanzbrunnen heute Abend, möchten Sie beide vielleicht da hingehen?«

So war das damals, und Stefan kann hundertmal behaupten, er hätte Delia »aufgerissen«, kein Wort davon ist wahr!

So, jetzt haben Sie das nötige Hintergrundwissen, und wir können uns gefahrlos Stefans Version der Geschichte anhören …

Wie lange waren wir jetzt zusammen? Das war damals bei der Nüssgen-Präsentation »Wir verkaufen in einen vollen Kühlschrank« gewesen. Da hatten wir uns kennen gelernt, und ich hatte sie spontan auf das Konzert im Tanzbrunnen eingeladen. Sie stand neben mir in diesem roten Kleid, und dummerweise sang dieser kleine irische Sänger gerade etwas von einer *Lady in Red* und dann von einem *Country Church Yard*, und da wurde mir klar, dass ich genau diese Frau heiraten wollte, in einem roten Hochzeitskleid und in einer kleinen Kirche auf dem Land.

Es wurde ziemlich kühl an diesem Abend, ich gab ihr mein Sakko, und wir lachten beide, weil sie in dem Ding fast versank. Dann zog ich sie am Revers meines Sakkos an mich, und wir küssten uns das erste Mal.

Ich müsste doch jetzt wirklich wissen, wann das war. Wenn man jetzt schon nicht mehr weiß, wann man sich kennen gelernt hat, dann würde man doch bestimmt in drei Jahren auch den Hochzeitstag vergessen haben, und ein paar Jahre später fragt mich dann der beste Kumpel: »Deine Frau will sich scheiden lassen, warum denn bloß?«

»Sie meint, ich kümmere mich nicht genug um die Kinder!«

»Ach, du hast Kinder, wie viele denn?«

»So vier oder fünf!«

Ich schwelgte gerade in meinen Unzulänglichkeiten, ich war so weit, dass ich Delia komplett verstehen konnte, ich an ihrer Stelle hätte mich auch in den Wind geschossen. Da trat Mrs. Doubtfire an unseren ehemaligen Frühstückstisch. Ich fragte sie, ob man morgens um zehn Frühburgunder trinkt, und sie antwortete: »Nein! Die Winzer an der Ahr sagen zwar, das wäre gesund, und es gibt auch eine Menge sehr alter Winzer, aber Sie sollten jetzt einen verdammt klaren Kopf bewahren!«

Da hatte sie Recht! Der Goldene Hirsch hat eine Sonnenterrasse. Ich beschrieb dem Kellner mit der glänzenden Hose, der mittlerweile eingetroffen war, wie ich mir einen Milchkaffee vorstellte, und ich packte meinen Laptop aus.

Ich glaube zwar nicht, dass die Herbstsonne unbedingt mich bescheinen wollte, sie wollte wohl eher den Trauben noch was Gutes tun, aber es war schon ein sehr angenehmes Gefühl, als Einziger auf dieser Terrasse zu sitzen. Die Touristen empfanden wohl den Donnerstagvormittag nicht als den bevorzugten Anreisetermin, so saß ich ganz allein auf dieser Terrasse, mit dem Laptop auf den Knien und ohne jede Idee, was ich schreiben sollte.

Der Handelsvertreter Wolfgang H. behauptet bei der Vernehmung durch die Staatsanwaltschaft, er sei von seiner Schwiegermutter im Keller eingeschlossen worden, als er gerade Kartoffeln hochholen wollte. Sie hätte ihm dann Verletzungen auf dem Nasenrücken und über dem linken Auge (die kann ein guter Maskenbildner sehr spannend in Szene setzen) sowie auf dem Hintern (das würde dann im Fernsehen nicht gezeigt werden können, aber Frau Dr. Barbara Herzog würde dabei sehr effektvoll die rechte Augenbraue hochziehen) zugefügt. Er habe sie nicht genau sehen können, weil ihm ja bei dem Angriff eine Kapuze über den Kopf gezogen worden sei, die der Angreifer mit Tesa-Krepp an seinem Hals fixiert habe. Aber als er diesen Geruch von Heringsstipp und Gin wahrgenommen habe, da sei ihm sofort klar gewesen, dass es sich nur um seine Schwiegermutter handeln könne, die ihm schon öfter gedroht habe: »Wenn ich dich mal alleine im Keller erwische, dann haue ich dir 'ne Wendeltreppe in den Hals!« Die

1,86 Meter große und 104 Kilogramm schwere Schwiegermutter legt aber ein Eins-a-Alibi hin, sie sei zur fraglichen Zeit beim Senioren-Turnen gewesen, und das könnten auch noch zwei über und über tätowierte weitere Senioren-Turner bezeugen. Der dritte Senioren-Turner würde allerdings eine erstaunliche Wendung in den Fall tragen, weil er Wolfgang H. völlig überraschend wiedererkannte; er habe ihn schon mal bei seiner Freundin getroffen, die nebenberuflich als Domina arbeite, und Wolfgang H. sei ihm im Gedächtnis geblieben, weil es ja selten vorkomme, dass jemand die Vorliebe habe, Verletzungen am Hintern davonzutragen.

Der Handelsvertreter Wolfgang H. wird wegen uneidlicher Falschaussage und Missachtung des Gerichts zu 83 Tagessätzen à 70 € verurteilt. Er trägt die Kosten des Verfahrens.

Das geht wirklich nicht, kompletten Text markieren, »Entfernen« drücken, und weg! Oder irgendwo in den Untiefen der Festplatte speichern.

Wenn Frau Dr. Barbara Herzog das lesen würde, könnte ich wohl morgen meinen Radiergummi vom Schreibtisch räumen. Was war nur mit mir los? Also noch mal von vorne …

Als Delia um Viertel nach zwölf mit zwei Einkaufstaschen – das ist human – auf der Terrasse erschien, stand auf dem kleinen Zehn-Zoll-Monitor folgender Wortlaut: »Tja, also …«

»Schau dir mal die Schuhe an! Stiefeletten in hellblauem Schlangen-Imitat. Hättest du gedacht, dass man so was gerade in Bad Neuenahr findet?«

»Nein, wirklich nicht! Die sind …«

»Na was?«

»Geil!«

Jetzt wurde ihr Lächeln triumphierend.

»Nee, das ist in der anderen Tüte! Ich habe einen Dessous-Shop gefunden. Unglaublich! Aber … das geht dich nichts mehr an, mein Lieber!«

»Ich habe einen Fehler gemacht, oder mehrere, oder einen zu viel. O. k. Aber Folter ist verboten!«

»Wann wartet dieser Wolfgang auf uns?«

»13 Uhr!«

»Dann müssen wir uns beeilen!«

Ich hatte etwas gesehen, irgendetwas in ihren braunen Augen, das mir signalisierte: Die Kuh ist noch nicht vom Eis, aber der Bauer steht schon vor dem Stadion. Ich lächelte noch, als sie sagte: »Ich hab Bettina erreicht, sie holt mich um 20 Uhr hier ab!« So muss sie aus der Wäsche gucken, die Kuh auf dem Eis, wenn sie versucht zu grinsen.

Vielleicht muss man ein Junge bleiben, um guten Wein zu machen …

Wolfgangs Weingut liegt in Mayschoß. Und Mayschoß liegt so um die sieben Kilometer von unserem Hotel entfernt. Als ich ein kleiner dicker Junge war, da galt Mayschoß noch als bevorzugtes Ausflugsziel für Kegelclubs. Damals wurden noch die Dienste des örtlichen Busunternehmers in Anspruch genommen, und die Rückfahrt war dann etwas teurer als die Hinfahrt, weil das Gefährt noch von den Überresten des kollektiven Streuhustens gereinigt werden musste. Heute betritt die geneigte Pudelschieberrunde den Airbus, um die Kegelkasse im westlichen Mittelmeer oder auf den Kanaren zu verbraten. Und Mayschoss wird langsam wieder ein romantischer kleiner Winzerort.

Um zu Wolfgangs Weingut zu gelangen, muss man jenen romantischen kleinen Winzerort jedoch vor dem Liebgewinnen direkt wieder verlassen. Ein paar hundert Meter raus aus dem Dorf liegt, umrahmt von Weinbergen, sein Holderhof.

Na, der Mann kennt sich aus mit Corporate Identity. Corporate Identity, das ist ein Begriff aus der Werbung. Also, wenn der Kellner in dem Werbespot für Kinderschokolade immer eine rot-weiße Jacke anhat, dann ist das so, weil das die Farben von Kinderschokolade sind. Oder denken sie an die Frau, die für Krönung-Light immer die Treppe runterkam, erinnern sie sich? Die hatte einen BH in der gleichen Farbe wie die Kaffeemaschine, und das war genau die Farbe von der Verpackung von Krönung-Light! Sehen Sie, das ist Corporate Identity!

Wolfgangs Weingut sieht aus wie ein Weingut. Weiß verputzt, die Tore und die Schilder in Dunkelblau und Gold, ganz so wie das Etikett auf dem Frühburgunder. Auf dem Parkplatz stehen ein Mercedes der M-Klasse, ein Golf-Cabrio und ein Traktor. Nur Wolfgang passt nicht ins Bild. Er sieht aus wie ein Englischlehrer, der sich in der Tür geirrt hat. Er ist kleiner, als man sich einen Winzer vorstellt. Er ist schmaler, als man sich einen Winzer vorstellt. Und man stellt sich sowieso keine Winzer mit schwarzem Vollbart vor, zumindest nicht außerhalb der Toskana! Wolfgang spricht auch anders. Man erwartet einen Mann, der sich mit dem nötigen Ernst seine Weinberge untertan gemacht hat, aber vor einem steht ein ausgewachsener grinsender Junge.

»Kommt rein, ich zeig euch erst mal den neuen Maischebottich! Aus Frankreich! Sündhaft viel Geld, mein Schwiegervater hätte mich fast erschlagen.«

Die Weinberge reichen bis an die Einfahrt. Er greift an eine Weinrebe und pflückt zwei Trauben ab.

»Hier, probiert mal! Viele Rebsorten, die den besten Wein ergeben, haben Trauben, die man nicht unbedingt essen sollte. Aber das hier, das ist ein Dornfelder, das wird ein toller Wein, aber das sind auch ganz leckere Trauben. He, versau dir die Bluse nicht! Der Dornfelder hat so eine intensive Farbe, die kriegst du nie wieder raus.«

Ich hatte mir so ein Weingut irgendwie anders vorgestellt. Ich dachte, da treten barfüßige Frauen in Holzgefäßen Weintrauben flüssig. Der Küfermeister mit der roten Nase probiert und probiert, und überall stehen Holzeckbänke vor verschnörkelten Tischen, wo sich die Pflücker nach getaner Arbeit noch ein Gläschen genehmigen. Ich lag wohl ein ganz kleines bisschen daneben. Wolfgangs Schwiegervater zeigte uns die neuen Gerätschaften, und die waren nicht aus Holz, sondern aus Edelstahl, und alles war fast unwirklich sauber. Der neue Maischebottich, der war aus Holz, und die Weinfässer, die waren sogar aus französischer Limousin-Eiche. Am häufigsten waren jedoch ganz kleine Fässer aus französischer Eiche, die so genannten Barrique-Fässer.

Endlich! Endlich war wieder ein Wort gefallen, das ich schon mal gehört hatte! Martin, der erste Kameramann bei Frau Dr. Barbara Herzog, hatte davon gesprochen, ich war sicher!

Weil die Barrique-Fässer einen viel kleineren Umfang haben, kommt natürlich mehr Wein direkt mit dem Holz in Berührung, und das schmeckt man auch. Der Wein wird weicher, er bekommt einen Vanilleton, aber man darf es auch nicht übertreiben.

Es machte mir einigen Spaß, mit Wolfgangs Schwiegervater durch die »Fabrik« zu laufen. Man sah ihm sehr genau an, dass er Wein anders machen würde. Er war zwar kein großer Junge, aber ich sah sehr genau, wie stolz dieser Mann war, wenn es sein musste, sogar auf den eigenen Schwiegersohn!

Wir sahen Stahltanks und Holzfässer, Abfüllanlagen und Etikettiermaschinen. Wir hörten vom Einmaischen, von der Gärung, Kelterung, und davon, dass man dieses Zeug aus dem Supermarkt eigentlich gar nicht Wein nennen dürfte.

Nach einer guten Dreiviertelstunde war man der Ansicht, dass wir genügend Grundkenntnisse erworben hatten, um endlich das Endprodukt degustieren zu dürfen. Wolfgang erwartete uns schon. Er stand in der Tür des Wintergartens, der wohl auch als Probierstube diente. Es handelte sich dabei um eine Art Glaspavillon mit direktem Zugang zu Wohnhaus und Weinlager. In der Mitte des Raumes stand ein sehr alter quadratischer Holztisch (zumindest sah er sehr alt aus). Um ihn herum waren mit Hussen bewehrte Stühle gruppiert. Schon die Atmosphäre des Raumes lud zum Weinprobieren ein, und die Geste des Winzers war mindestens so einladend wie sein Mobiliar.

Wolfgang baute sechs Gläser vor jedem von uns auf. Mit Erleichterung stellte ich fest, dass es nicht sechs unterschiedliche Gläser waren. Er stellte sechs Flaschen auf den Tisch und brachte eine Schale mit einigen Scheiben Brot. Mir fiel ein Satz meiner Mutter ein: Man darf alles – nur nicht durcheinander trinken!

Aber was bleibt einem bei einer Weinprobe schon anderes übrig? Wir probierten einen Wein nach dem nächsten, und ich war überrascht, wie groß die Unterschiede waren.

Delia trinkt nicht viel Alkohol, mal den Baileys, mal den *Sex on the Beach*, aber lieber das Mineralwasser. Aber jetzt nippte sie hier, sie nippte da, sie verglich Wein Nummer drei mit Wein Nummer vier, aß ein bisschen Brot, probierte dann erneut, dann noch mal die vier, und …

Sie tat das Gleiche wie ich. Möglicherweise war das nicht anders zu erwarten gewesen. Aber Delia stellte ganz andere Fragen. Ich wollte wissen, ob und wie sich ein Schieferboden auf den Geschmack auswirkt. Es interessierte mich brennend, wie viel früher der Frühburgunder gelesen wird.

... Delia probierte, Delia aß Brot, Delia probierte erneut und erkundigte sich dann: »Wie war das, als Sie das Gut von ihrem Schwiegervater übernahmen?« Wolfgang lächelte. Ich sah, dass er die Geschichte schon ein paarmal erzählt hatte.

»Ach, wissen Sie, wir hatten gleich im ersten Jahr ein Riesenproblem. Eine Beerenauslese! Die hat man einfach nicht jedes Jahr. Da muss das Wetter bei der Lese einfach passen. Dann müssen die Beeren einzeln mit der Schere von der Traube geschnitten werden. Und am Ende hat man Weine von einer, ja, das darf ich mal sagen, von einer erhabenen Qualität, die sich Jahrzehnte halten. Aber bei der ganzen Arbeit und bei den Lohnkosten muss auch wirklich ein hoher Preis erzielt werden. Und in dem Jahr, da hatten wir also endlich wieder eine Beerenauslese. Ich saß im Keller, probierte mal an diesem Fass, mal an jenem Fass. Aber das Ergebnis war nicht das, was ich mir unter einer Beerenauslese vorstellte. Ein bisschen von dem Fass, ein bisschen vom anderen Fass ... Vielleicht war ich blau oder einfach nur sauer, weil ich zu viel erwartet hatte. Schließlich nahm ich eine Essigmutter und warf sie in den Wein!«

»Was?«

»Ja, und das eine sage ich euch: Er hätte mich fast erschlagen!«

Ich bin mir sicher, der alte Herr hätte es geschafft, wenn er gewollt hätte. So ein richtiger Winzer, knorrig wie ein hundert Jahre alter Spätburgunder-Stock und fit wie ein Turnschuh, und das gegen einen Englischlehrer, der sich in ein Weingut verirrt hat …

»Wollen Sie den Essig mal probieren?«

Also, ich trinke ja nicht alles! Aber er ließ sich nicht beirren. Wir bekamen zwei von diesen chinesischen Löffeln, mit denen man bei Tung den Reis auf den Teller schaufelt, und in jeden Löffel kamen einige Tropfen Essig.

Meine Güte, ich benutze ja auch den guten Balsamico für die Salatsauce, aber in dem Moment hatte Wolfgang bei mir gewonnen!

Seine schmalen Lippen verzogen sich in diesem Vollbart so, dass man sehen konnte, er wusste es!

Nach einem knappen Stündchen hatte ich mich entschieden. Ich nahm die dritte und die vierte Flasche aus der Reihe, baute sie vor mir auf und las die Etiketten.

»Diese Weine möchte ich zu Hause haben!«

»Wissen Sie, wir haben so viel, wir verkaufen den sogar!«

Zwölf Flaschen Caspar C, zwölf Flaschen Dornfelder und zweimal Essig! Und Delia sagte: »Für mich das Gleiche!«

Was war das denn jetzt wieder für ein Blick? Er war enttäuscht, das sah ich. Warum? Es gab nur eine Antwort: Mrs. Doubtfire hatte ganze Arbeit geleistet. Er wusste Bescheid!

Er füllte die Bestellungen sorgfältig aus. Dann lächelte er uns mit seinen kleinen Englischlehreraugen über die Lesebrille hinweg an und sagte: »Wir haben heute Abend im Dorint in Bad Neuenahr eine Weinprobe. Ein paar Kollegen stellen ihre neuen Weine vor, dazu gibt es kleine Leckereien aus befreundeten Restaurants. Ich würde mich freuen, wenn Sie vorbeischauen könnten! Ich ruf den Dirk gleich an und bestell Ihnen zwei Karten. Sehen wir uns da?«

»Ja!«

»Nein, ich werde heute Abend abgeholt, tut mir sehr Leid! Aber vielleicht ein anderes Mal.«, sprachs und hielt ihre Hand auf, um den Autoschlüssel entgegenzunehmen. Hatte Wolfgang mir gerade zugezwinkert? Ich war mir nicht sicher.

Er begleitete uns zum Parkplatz. Vor dem Haus befand sich ein kleiner Teich, und wenn ich Teiche sehe, dann muss ich Goldfische suchen, das ist nun mal so, aber ich fand nur längliche dunkelgraue Fischrücken. Wolfgang drehte sich zu mir um.

»Das sind Döbel, aus der Ahr, Jungfische!«

»Ach, mit Fischen kennen Sie sich auch aus?«

»Ich habe eine Fischerei an der Ahr.«

»Aber jetzt, im Herbst, zur Zeit der Weinlese, da haben Sie doch keine Zeit für die Fischerei.«

»Die nehme ich mir einfach, gerade jetzt im Oktober. Jetzt kommen die Lachse zurück!«

»Lachse? In der Ahr?«

»Ja sicher, das war hier früher ganz normal! Bis ins neunzehnte Jahrhundert zogen hunderttausende von Lachsen aus dem Atlantik in den Rhein, aber in den Fünfzigerjahren gab es dann plötzlich keinen einzigen Lachs mehr. Für die Fischer war das natürlich eine Katastrophe. Aber schon bald hat sich keiner mehr beschwert. Es gab ja dann auch keine Fischer mehr.«

»Und dann wurden die Lachse neu angesiedelt?«

»Na, ganz so einfach ist das leider nicht! Nachdem so ein Lachs in irgendeinem europäischen Fluss das Licht der Welt erblickt und sich etwa zwei Jahre im heimischen Süßwasser getummelt hat, schwimmt er erst mal ins Meer. Von da geht es dann weiter bis nach Grönland, denn da gibt es jede Menge kleine Fische und Garnelen. Daran fressen sich unsere Lachsdamen dick und rund. Da stehen die Kerle drauf. Und dann geht es zum Laichen wieder an ihren Geburtsort zurück!«

»Wahnsinn!«

»Ja, so ein Lachs kommt ganz schön herum! Und wäre die Sandoz-Katastrophe von 1986 nicht gewesen, dann gäbe es heute noch keine Lachse in der Ahr. Damals gelangten große Mengen von Giftstoffen in den Rhein. Sie müssen sich das mal vorstellen, auf einer Länge von vierhundert Kilometern stromabwärts wurde nahezu alles Leben im Rhein ausgerottet. Das war unser Glücksfall!«

Wir standen vor diesem kleinen Teich mit den fröhlich vor sich hin schwimmenden Baby-Döbeln, und irgendwie trauten wir unseren Ohren nicht.

»Das war ein Glücksfall?«

»Ja, jetzt musste die Chemie was tun, und urplötzlich war bei der Landesregierung Geld da, um Lachse im Rhein und in seinen Nebenflüssen wieder anzusiedeln.«

»Na, was für ein Zufall!«

»Ja, so sieht das aus! Wir haben seit 1995 eine halbe

Million Eier eingesetzt, aber man kann ja nicht irgendwelche Lachs-Eier nehmen, die müssen schon aus Flüssen kommen, die der Ahr ein bisschen ähneln, sonst klappt das nicht! Unsere Lachs-Eier hier, die kommen aus den Pyrenäen, aus den Flüssen Adour und Nieve. Die Fische verbringen dann ihre Jugend hier, und dann machen die sich in der Pubertät auf nach Grönland…«

Ja, das konnte ich nachvollziehen, wir haben uns damals aufgemacht nach Porz ins Autokino!

»… und dann stehst du da und kannst nichts machen als abwarten. Wir haben ein paar Wehre auf Vordermann gebracht, wir haben einen Lachswart gewählt und in Heimersheim eine mobile Zählstation aufgebaut …«

»Und da gibt es was zu zählen?«

»Ja, schon, ungefähr ein Tausendstel der Lachse kommt zurück, aber ich fürchte es werden schon bald wieder weniger. Die Fische wollen von Grönland aus zum Laichen in die Ahr zurück, und wenn sie die Rheinmündung gefunden haben, dann werden sie in Holland mit riesigen Netzen rausgefischt. Na ja, die Hoffnung stirbt zuletzt. Aufgeben werden wir sicherlich nicht!«

Er lag mir sofort auf der Zunge, dieser Satz: Der Bundestrainer wäre froh, wenn den Holländern mal einer ins Netz geht! Aber ich konnte mich gerade noch zurückhalten. Stattdessen sah ich Delia an, und ich war einfach nur ganz genau seiner Meinung.

Wir stiegen in den Golf, und Delia gab Gas. Ich winkte noch einmal. Wolfgang stand auf dem Parkplatz. Und ich wusste, ich hatte soeben einen Menschen kennen gelernt, der einen Wein macht, der mich im Notfall auch schwere Zeiten überstehen lässt und von dessen Optimismus ich mir durchaus noch eine Scheibe abschneiden konnte.

Aufgeben werden wir sicherlich nicht! Und wie hatte er doch gleich so schön gesagt: Dann stehst du da und kannst nichts machen als abwarten…

Der Dornfelder

Warum heißt der Dornfelder wohl Dornfelder? Nun, der Amselfelder heißt Amselfelder, weil er vom Amselfeld kommt. Also wird der Dornfelder wohl aus Dornfeld kommen. Da ist es bestimmt sehr schön, da fahren wir mal hin und gucken uns das an. Das können Sie gerne tun. Dornfeld liegt in der Steiermark, dreißig Kilometer von Graz, und ist landschaftlich sicher sehr reizvoll. Mit unserem Rotwein hat das Örtchen aber nichts zu tun.

Gut, dann nehmen wir die zweite Möglichkeit, irgendein Immanuel August Ludwig Dornfeld hat die Rebsorte gezüchtet, und deswegen heißt die jetzt so. Schon besser, diesen Immanuel August Ludwig Dornfeld gab es tatsächlich, er war Finanzrat, Cameralverwalter und Weingärtner mit ausgewiesenem Sachverstand, immerhin schrieb er das bedeutende Werk Weinbauschule, oder Anleitung zur Pflanzung der Rebe und Gewinnung des Weines. *Dornfeld war Gründer des Seidenraupenvereins Weinsberg, und was ich mir noch spannender vorstelle, er war sechs Jahre lang Vorstand des Frauen-Vereins im selben Ort. Dummerweise verstarb er 1869 und somit sechsundachtzig Jahre, bevor die Neuzüchtung Dornfelder dem Namen des Seidenraupen studierenden Frauenverstehers aus Weinsberg ein Denkmal setzen konnte.*

Der Dornfelder wurde von August Herold gezüchtet. Jetzt fragt man sich natürlich, warum der gute Herr

Herold die neue Rebsorte nicht mit seinem eigenen Namen schmückte. Tja, der Grund ist sehr einfach. Die Heroldrebe gab es schon. 1929 hatte Herold Portugieser und Lemberger gekreuzt und die neu entstandene Rebsorte eben Heroldrebe genannt. Er war im Allgemeinen sehr fleißig, 1931 kreuzte er Frühburgunder und Trollinger und erhielt so den Helfensteiner. Das Kreuzen hat ihm halt sehr viel Spaß gemacht, und daher war es auch nur eine Frage der Zeit, wann er wohl Helfensteiner und Heroldrebe kreuzen würde. Die Zeit war 1955 gekommen.

Wie kam August Herold nun auf die Bezeichnung Dornfelder? Er arbeitete und lehrte an der Staatlichen Lehr- und Versuchsanstalt für Wein- und Obstbau Weinsberg, und jetzt beißt sich die Katze in den Schwanz: Die Gründung dieser Anstalt, die geht wiederum auf Immanuel Dornfeld zurück. Puh, das war jetzt ein Stück Arbeit. Jetzt haben wir uns aber ein Glas verdient!

Nun gibt es eine Menge Weinfreunde, die rümpfen das in Weingläsern trainierte Näschen ob des tief dunkelroten Tropfens. Da ist von »Deckrotwein« die Rede und von fragwürdiger Qualität.

Der Dornfelder begann seine Karriere tatsächlich als Farbverbesserer für hellere Rotweinsorten, er ist nämlich sehr farbintensiv. Wenn sie mal eine Dornfelder-Traube in der Hand halten, sein sie vorsichtig. Die blauen Flecken in ihren Handflächen überstehen sogar Wasser und Seife.

So fing es an, aber schon bald erkannte man das eigene Potenzial des Dornfelders. Heute ist er nach dem Spätburgunder die meistangebaute Rotweinrebe in Deutschland. Die Züchter konnten zwischenzeitlich gar nicht so viele Reben liefern, wie die Winzer abzunehmen bereit waren. Da wurden tatsächlich Weinberge mit Stacheldraht eingezäunt, da wurden Wachposten aufgestellt, damit die frisch gepflanzten Reben nicht ein paar Dörfer weiter noch einmal gepflanzt wurden.

Jetzt müssen noch einige Worte über die Qualität gesagt werden. Zugegeben, es gibt wirklich sehr schwache Dornfelder, aber das genaue Gegenteil existiert eben auch. Der Grund liegt in den Reben selbst. Sie sind nicht anfällig, robust, und wenn man ihnen freien Lauf lässt, dann können sie zu indischen Arbeitselefanten werden, das heißt sie tragen, was das Zeug hält.

Jetzt ist es eine Frage des Winzers, wie er seinen Dornfelder macht. Der eine hat vierzig Trauben am Weinstock, der andere acht. Der eine bringt den Wein sehr früh auf den Markt, der andere baut ihn in großen Eichenfässern oder im Barrique aus. Der Dornfelder kann ein sehr harmonischer und dennoch kraftstrotzender Wein sein, mit intensiven Fruchtaromen wie Sauerkirsche, Brombeere und Holunder. Vielleicht muss man ein bisschen suchen, bis man den richtigen Dornfelder gefunden hat, aber es lohnt sich.

Man sagt, weil der Dornfelder so ein kräftiges Kerlchen ist, passt er besonders gut zu Braten und Wild. Sagt man. Ich finde, er passt am besten zur Zweihundert-Gramm-Tafel mit ganzen Nüssen von ALDI.

Bettina und Kante

Also, nur damit Sie eine gewisse Vorstellung haben: Wenn Sie auf der A 61 an der Ausfahrt Bad Neuenahr-Ahrweiler rausfahren, dann kommen Sie erst mal auf die A 573, die fahren Sie zunächst geradeaus weiter und können sich dann aussuchen, ob Sie nach Neuenahr oder Ahrweiler wollen. Hier folgen Sie der Beschilderung in Richtung Ahrweiler. Nach dem Ortseingangsschild kommt fünfhundert Meter weiter links eine Telefonzelle, die nur Karten nimmt, und ein bisschen weiter rechts der Goldene Hirsch.

Wir fuhren natürlich anders, von Mayschoß aus über die B 267 an Rech und Dernau vorbei. Einen Hotelparkplatz sucht man am Goldenen Hirsch vergebens, wir parkten den Wagen am Straßenrand und gingen direkt durch den Flur zum Hintereingang.

Die Terrasse, die man jetzt erblickte, hätte man beim besten Willen nicht erwartet, wenn man das Haus von vorne sah. Man trat durch die Tür aus Buchenholz und befand sich im toskanischen Spätherbst. Oleanderbüsche zeigten sich in ihrer vollkommenen Blütenpracht. Eine Bougainvillea kraxelte die Hauswand empor. Tische aus angerostetem Metall standen inmitten von Bistrostühlen, von denen man sinken möchte, wenn der Sensenmann einen im möglichst hohen Alter zu holen gedenkt.

Am Tisch ganz rechts saß eine Frau mit drei verschiedenen Haarfarben, alle rot, aber doch unterschiedlich. Als sie uns sah, hob sie bühnenreif beide Arme und winkte. Delia winkte zurück und ging direkt auf die Frau zu. Ich kannte Bettina seit einiger Zeit, aber man mag es mir verzeihen, dass ich sie nicht gleich erkannt hatte. Da war diese Haarfarbe, da war dieses Spaghetti-Top, und da war vor allem dieser Kerl. Ich hatte mich schon häufiger mit meinen körperlichen Unzulänglichkeiten beschäftigt – aber jetzt der! Der Mann hatte eine Figur wie der junge Schwarzenegger, dabei die Frisur von Bruce Willis und das Gesicht von Pfarrer Fliege.

»Hi, ist das schön, dass ich euch hier treffe, darf ich euch meinen Freund vorstellen, das ist Sebastian!«

Das mag ich an Frauen, sie verabreden sich irgendwo, fahren mit dem Auto zum verabredeten Treffpunkt und freuen sich dann halb tot, dass sie sich dort treffen. Sebastian erhob sich, reichte erst Delia und dann mir die Hand, und während ich versuchte, meine Finger wieder auseinander zu kriegen, fügte er hinzu: »Finde ich auch ganz toll, übrigens, meine Freunde nennen mich Kante!« Na, da haben sich seine Freunde ja regelrecht in Kreativität gesuhlt.

»Ich hab den Sebastian vor drei Wochen kennen gelernt, und es war Liebe auf den ersten Blick, also bei mir! Der Sebastian war nicht sofort so ganz überzeugt, aber seit gestern Abend, da sind wir, na ja, da sind wir ein Paar!«

Gut, das konnte ich mir schon vorstellen, dass Kante etwas länger brauchte, bis die »Liebe auf den ersten Blick« über diese langen, langen Nervenbahnen von den Augen bis zum Gehirn gelangte.

»Delia, kann ich mal eben unter vier Augen mit dir reden?«

Zack, weg war sie mit Bettina, und ich saß mit Kante an diesem Tisch auf der wunderbaren Terrasse und hatte irgendwie das Gefühl, ich müsste jetzt was sagen. Ich sagte: »Wo ist denn bloß der Kellner?« Kante hatte ein großes Glas Mineralwasser vor sich stehen, ich bestellte auch eins.

»Na, wie geht's denn so?«

Ja, genau! So spricht er, der Drehbuchautor, ein Muster an Small-Talk-Erfahrung, eloquent bis in die letzte Haarspitze, ich war mir vorher selten so dämlich vorgekommen.

»Gut!«

Na ja, o. k., eine andere Antwort hatte ich ja auch nicht erwartet.

»Wie hast du die Bettina denn kennen gelernt?«

Gute Frage, jetzt muss er erst mal was erzählen, und ich kann mir in aller Ruhe überlegen, wie ich mich verhalten soll. Es gibt ja immer noch die Killerantwort, und die lautet dann: »Ich geh mal eben duschen!«

»Die Bettina, die habe ich im Fitness-Point gesehen, natürlich habe ich da mal hingeguckt, aber ich hatte wirklich keine besonderen Absichten. Weißt du, ich stehe gerade kurz vor dem Examen.«

Erstaunlich, dass es in diesen Fitness-Studios Examina gibt! Das dachte ich noch, aber dann sprang mein Hirn unverwandt zu einem völlig anderen Thema …

Bettina M. wurde am Freitag, dem 22. Oktober, an der Bar des Fitness-Studios, dem sie durch einen unkündbaren 48-Monats-Vertrag beigetreten war, von Sebastian S., der im Fitness-Studio nur als »Kante« bekannt war, zu einem harmlosen Mineral-Vitamin-Calzium-Aufbau-Drink eingeladen. Nachdem Frau M. Zweifel ob der Inhaltsstoffe des Drinks angemeldet hatte, wehrte jener Kante ab, mit den Worten: »Damit hat Lance Armstrong siebenmal die Tour de France gewonnen, und glauben Sie etwa, der würde etwas Verbotenes nehmen?«

Als Frau M. drei Tage später wieder zu Bewusstsein kam, hatte sie eine völlig neue Haarfarbe, oder genau genommen drei. Und man hatte bei ihr nicht nur eine Haar- sondern auch eine Gehirnwäsche vorgenommen. Dieses erfährt Frau Dr. Barbara Herzog von der Zeugin Delia H., die auf der Rückfahrt vom Fitness-Studio auf der Rückbank von Kantes Polo gesessen hatte, den dieser auf einer Bonner Rheinbrücke angehalten hatte, um Bettina M. am Brückengeländer zum Oralverkehr zu zwingen.

Als Kante schon de facto hinter Gittern sitzt, erscheint ein weiterer Zeuge, ein Mann mit langen blond gelockten Haaren und einem Oberlippenbart, und dieser Zeuge trägt einen großen Strauß roter Rosen bei sich. Er geht zielgerichtet auf den Angeklagten zu, reicht ihm die Blumen und sagt: »Sebastian, wolltest du der Bettina nicht noch etwas sagen?« Sebastian kniet mit den Rosen vor Bettina nieder und sagt: »Liebling, willst du mich heiraten?« Bettina küsst ihn mit Tränen in den Augen und sagt »Ja!«.

Da nimmt der Zeuge die Langhaarperücke und den Oberlippenbart ab, und es ist ... Kai Pflaume! Frau Dr. Barbara Herzog ist zunächst ein wenig erstaunt, sie fängt sich aber sehr schnell wieder und stellt fest: »Die Klage wird abgewiesen, denn …« Und dann sagt sie mit Kai Pflaume im Chor: »Nur die Liebe zählt!«

»Hörst Du mir überhaupt zu?«

»Ja, sicher! Du machst dein Examen. Und wie kam das jetzt mit eurem gemeinsamen Ausflug an die Ahr?«

»Ich hatte die schriftlichen Prüfungen also gerade hinter mir, also ein kleines bisschen Luft, und genau an dem Tag kam der Anruf von Bettina, und sie fragte mich, ob ich nicht Lust hätte, ein paar Tage Urlaub an der Ahr zu machen.«

»Ein paar Tage?«

Überall auf der Terrasse oder zumindest in meinen Ohren ertönten kleine Glöckchen. Ein paar Tage! Das wär's! Lieber Gott oder lieber Bacchus! Gib mir die »ein paar Tage«!

»Bettina, ich will *sofort* nach Hause!«

Delia klang zu resigniert, um meine neue Hoffnung zu nähren.

»Es muss ja nicht lange sein, aber so ein, zwei Tage müssen doch wohl dransitzen.«

»Nein!«

Delia und Bettina standen wieder an unserem Tisch. Ich beeilte mich zu erklären: »Wir haben eine Einladung von Wolfgang, das ist einer der besten Winzer an der Ahr, und heute Abend ist eine Weinprobe im Kongress-Hotel, die besten Winzer und zwei Restaurants …«

Mrs. Doubtfire trat an den Tisch und sagte: »Ich habe eine gute Nachricht für Sie. Das zweite Zimmer ist frei geworden!« Bettina sagte sofort: »Das nehmen wir! Und können Sie bitte mal nachfragen, ob es von diesem Kongress-Hotel ein Taxi gibt, das uns heute Nacht nach Hause bringt?«

Ein fröhliches Landfrauenlächeln lag auf ihren rosigen Zügen, als Mrs. Doubtfire antwortete: »Aber natürlich gibt es am Kongress-Hotel ein Taxi! Und Sie werden begeistert sein, jetzt kommt der 2003er zum Ausschank, und in dem Jahr hatten wir hier an der Ahr wirklich eine super Qualität, na ja, es war ja auch ein Traumsommer. Teilweise haben die Winzer Öchsle-Grade erzielt, wie sie an der Ahr noch nie gemessen worden sind!«

Öchsle, was war noch mal Öchsle? Wahrscheinlich ein kastrierter Bulle in Baden-Württemberg!

Mrs. Doubtfire fuhr fort: »Und die besten Restaurants sind an diesem Abend auch vertreten. Ich weiß nicht, ob Sie das wissen, aber wir haben drei Sterne-Restaurants hier an der Ahr, hier geben sich die Michelin-Tester die Klinke in die Hand!«

Na, prima, die Michelin-Tester sollen lieber mal die Reifen von Ralf Schumacher in den Griff kriegen. Mir war klar, dass ich diesen Satz jetzt nicht sagen sollte.

Nanu, sie spricht wieder!

»Ganz ehrlich, für so einen Abend in so einem Kongress-Hotel habe ich wirklich nichts anzuziehen!«

»Du hast bestimmt das rote Kleid dabei, und du hast dir heute Morgen in Bad Neuenahr diese roten Pumps gekauft. Ich bin sicher, damit wirst du die Königin des Abends sein! Weißt du, du glaubst immer, ich arbeite zu viel. Und damit hast du wahrscheinlich Recht. Aber ich weiß immerhin, welche Schuhe du gekauft hast, und das ist auch schon was!«

»Und da haben wir es wieder, mein Lieber! Es stört mich überhaupt nicht, dass du so viel arbeitest. Es stört mich überhaupt nicht, dass ich abends meist allein bin. Hauptsächlich stört mich, dass du denkst, dass ich das denke!«

Jetzt seien Sie doch mal ganz ehrlich. Kapieren Sie das? Also ich nicht!

»Ich führe einen gar nicht so unerfolgreichen Supermarkt. Das weißt du, sonst hätten wir uns nicht kennen gelernt. Ich ziehe dieses blaue Kleid an, mit den weißen Turnschuhen, und wenn das diesem Kongress-Hotel nicht passt, dann sollen sie mich halt rausschmeißen!«

Sie kommt mit! Und was sie anhat, ist völlig egal. Und … sie wird bezaubernd aussehen. Ganz im Gegensatz zu mir.

Ich sprang wie immer in die Jeanshose, dazu der berühmte klassische blaue Blazer, den ich mir vor sechs Jahren zur Weihnachtsfeier gekauft hatte, und ein blau-weiß gestreiftes Hemd, fertig. Das ist es doch, was in diesen Katalogen, die man ständig zugeschickt bekommt, als Grundausstattung angepriesen wird. Eine Krawatte hatte ich nicht dabei, meine Garderobe war schließlich auf ein Beach-Resort auf den Malediven ausgerichtet und nicht auf ein Kongress-Hotel in Rheinland-Pfalz. Und die können noch froh sein in diesem Kongress-Hotel, andere verhinderte Malediven-Urlauber wären zu so einem Abend im Taucheranzug erschienen.

»Äh, Delia?«

»Ja?«

»Wie meinst du das? Es stört dich, dass ich denke, dass du das denkst.«

Sie warf ihre Haare in den Nacken und lenkte eine große Menge auszuatmender Luft durch eine geschürzte Unterlippe in Richtung Nase.

»Wir müssen los!«

Wir traten gerade aus unserem Zimmer, als Bettina und Sebastian ihres verließen. Bettina trug ein rotes Kleid mit roten Pumps, und Kante wählte eine Jeanshose, ein blau-weiß gestreiftes Hemd und einen klassischen Blazer, aber er hatte einen Schlips. Besorgt wandte er sich an mich: »Soll ich dir eine Krawatte leihen, ich hab noch eine dabei!«

»Nee, ist nicht nötig!« Seine Krawatten wären mir bestimmt zu lang gewesen. Auf seinem muskelbepackten Body saß schließlich ein Hals, der auch perfekt zu einem andalusischen Kampfstier gepasst hätte.

Das Taxi stand schon vor dem Hirschen. »N'Abend, einmal zum Kongress-Hotel?«

»Ja, genau!«

Bettina und Sebastian stiegen hinten ein, Delia von der anderen Seite, und für mich blieb der Platz neben dem Fahrer.

Ich sitze im Taxi lieber hinten. Wenn man vorne sitzt, muss man mit dem Taxifahrer über die Nichtabstiegschancen von Mainz 05 diskutieren. Wenn man vorne sitzt, kann man nicht wie unabsichtlich die Hand auf dem Oberschenkel der Nachbarin platzieren. Und wenn man vorne sitzt, bezahlt man.

Das Kongress-Hotel

Das Kongress-Hotel liegt direkt am Kurpark, was ein gewisses Licht auf die hier stattfindenden Kongresse wirft. Wir gingen durch einen imposanten Eingang in eine von Kristalllüstern illuminierte Hotelhalle, vorbei an der Rezeption, die im Raum zu schweben schien, dahinter schwebten einige lächelnde Hotelangestellte. Ein großes Hinweisschild auf einem polierten Messingfuß wies uns in Richtung einer riesigen Treppe, welche hinunterführte zum großen Saal.

Vor dem Eingang desselben erwarteten zwei ebenso junge wir hübsche Stewardessen das Vorzeigen einer Einladungskarte – ich weiß, Stewardessen gibt es nur auf Kreuzfahrtschiffen oder in Flugzeugen, bei Stehpartys heißen die Hostessen. Richtig, aber wenn man von Hostessen bei einer Weinverkostung spricht, dann stellt man sich diese doch eher in bodenlangen Bauernkleidern und mit geflochtenen Zöpfen vor, vielleicht noch mit einem kleinen Krönchen, das sie als Weinkönigin von Mayschoß oder Dernau ausweist. Diese beiden trugen aber dunkelblaue Businesskostüme zu hellblauen Blusen und Namensschildchen: Yvonne und Melanie. Also waren es doch Stewardessen.

Delia sagte: »Wir haben eine Einladung, aber keine schriftliche. Wir haben das Weingut von Wolfgang Heller besucht, und da hat er uns für heute Abend eingeladen.«

Yvonne wandte sich direkt an Kante: »Dann müssen Sie Herr Dittrich sein!«

»Nein, ich bin Herr Dittrich!«

Melanie machte ein Kreuz in ihrer Gästeliste: »Dittrich, vier Personen! Herzlich willkommen!«, sprachs und überreichte uns eine Art Lageplan.

Direkt nach dem Betreten des großen Saals wussten wir auch, warum. Es war ein kleiner Marktplatz aufgebaut, mit Ständen voller erlesener Weine und kulinarischer Köstlichkeiten. Vor den Ständen standen kleine Clübchen von Menschen, allesamt ins Gespräch über die dargebotenen Delikatessen vertieft. Weitere Yvonnes und Melanies waren mit gut beladenen Tabletts unterwegs. Ein Pianist spielte Chopin.

Delia deutete mit dem Finger auf den Plan: »Wolfgang ist hinten links, das muss der Stand dort drüben mit der rot-weißen Markise sein.« Ein männlicher Melanie gesellte sich mit einem Tablett zu uns. Gläser mit tiefrotem Wein wurden am Stiel ergriffen und zur Nase geführt. Kante schaute den Melanie an und bemerkte: »Ein Spätburgunder, ziemlich frisch, 2003?« Der Melanie nickte ein bisschen erstaunt, und ich guckte ein bisschen verdutzt, und Kante grinste wie eine tasmanische Beutelratte beim Zähneputzen. Wir machten uns mit den Gläsern in der Hand auf zu Wolfgang.

»Hast du so viel Ahnung von Wein?«, fragte ich Kante.

»Nein, ich habe Ahnung von Stehpartys! An der Ahr wird zu 85 Prozent Rotwein angebaut, und meist ist es Spätburgunder, da war die Wahrscheinlichkeitsrechnung halt auf meiner Seite!«

»Und wie bist du auf 2003 gekommen?«

»Steht groß als Überschrift auf dem Lageplan: Der neue Jahrgang 2003!«

Ja, er ist schon ein Pfiffiger, unser Bodybuilder.

Wolfgang bemerkte uns und winkte uns lächelnd heran. »Darf ich euch Dirk Burgmann vorstellen. Er ist der Direktor dieser bescheidenen Herberge.« Herr Burgmann verbeugte sich mit dieser Eleganz, die eine solche Verbeugung eben höflich und einfach nur ganz normal aussehen lässt. So was möchte ich können. Wenn ich mich verbeuge, wirkt das immer entweder linkisch oder wie die missglückte Turnübung eines angerosteten Mittsechzigers, der den Enkeln mal eben zeigen will, dass er natürlich noch mit beiden Handflächen auf den Boden kommt.

»Sie machen Urlaub an der Ahr? Das ist eine genauso gute wie seltene Idee. Wir reißen uns hier sonst was auf, um junge Leute zu diesem Entschluss zu bringen.« Er wandte sich an Kante. »Wolfgang sagt, Sie kommen aus der Werbung, vielleicht sollten wir uns mal darüber unterhalten!«

»Ich komme aus der Werbung!«, sagte ich, und zumindest war er wegen dieser Korrektur nicht so sichtbar enttäuscht wie Yvonne.

Kante hatte seinen muskulösen Arm um Bettinas zarte Taille geschwungen und grinste. Ich legte meine Hand auf Delias Schulter und sagte: »Ja, das war ein sehr, wie soll ich sagen, ein sehr spontaner Entschluss, aber wir genießen es sehr.« Ich küsste sie auf die Wange.

Herr Burgmann wies mit seinem Arm auf die umliegenden Stände: »Na, dann schauen Sie sich mal um. Wir stellen hier die neuen Weine von vier Winzern vor. Dazu haben nicht nur unsere Köche, sondern noch zwei weitere Restaurants regionale Köstlichkeiten vorbereitet. Probieren Sie unbedingt mal nebenan die Rotweinlinsen. Ein Gedicht!«

»Natürlich!«, antwortete ich. »Die Ahr ist ja berühmt für ihre Restaurants. Hier geben sich ja die Michelin-Tester die Klinke in die Hand.«

»Das ist wirklich erstaunlich, wie gut Sie sich vor Ihrem Urlaub informiert haben.« Hatte ich da ein kleines Zucken in Kantes Gesicht gesehen? Na ja, Kollege! Was du kannst, kann ich auch!

Wir verließen den Stand und gingen vorbei am Pianisten, der gerade *Little Ol' Wine Drinker, Me* intonierte.

Die Rotweinlinsen waren wirklich ein Gedicht. Die Tagliatelle mit schwarzem Trüffel brachten mich auf den Gedanken, was man hier wohl an Eintritt zahlen musste, wenn man den Winzer nicht kannte, und die eingelegten Walnüsse zum Blauschimmelkäse brachten mich fast um den Verstand.

Aber auch nur fast. Der Gourmet lässt sein Ziel nie aus dem Auge.

»Soso, das war also eine spontane Idee: Urlaub an der Ahr!«, sagte Delia.

»Na ja, vor allem ist es doch eine sehr gute Idee. Wir haben doch zwei Wochen Zeit, wir haben ein schönes Zimmer …« Sie lächelte mich an, jetzt küsste sie mich auf die Wange und sagte: »… und wir haben jetzt ein Auto, und morgen fahre ich nach Hause!«

Sie drehte sich um und hielt nach Kante und Bettina Ausschau. Meine Füße standen fest auf dem polierten Granit verankert und wollten dem Befehl des Hirns:

»Bitte folgen Sie diesem Individuum«, nicht gehorchen. Oder der Befehl blieb ganz aus. Nein, dieses Mal würde ich ihr nicht hinterherlaufen. Ich blieb einfach stehen und sah ihr nach.

Stattdessen kam Wolfgang zu mir, in seiner Hand zwei Gläser mit einer dunkelroten Flüssigkeit. »Du siehst eigentlich gerade jetzt so aus, als wolltest du das Highlight meines Schaffens probieren.« Er reichte mir ein Glas. In meiner Nase sammelten sich Aromen von schwarzer Johannisbeere, Kirsche, Vanille, Schokolade und was weiß ich nicht alles. Der Duft war überwältigend. Ich werde wohl nie begreifen, wie man Wein beschreibt. Wolfgang suchte in meinen Zügen eine Reaktion: »Und?«

Jetzt musste ich was sagen. »Da legt mein Gaumen die Ohren an!« Immerhin, er sah nicht enttäuscht aus. Er grinste sogar ein bisschen siegesgewiss. »Das ist der 2003er Altenahrer Eck. Ich glaube, viel besser ist mir vorher noch keiner gelungen. Und ich fürchte, das wird auch in Zukunft verdammt schwer.«

Er nahm noch einen Schluck aus seinem Glas, seine Augen grinsten weiter, aber sein Mund fragte jetzt: »Probleme?«

»Ja, ich glaube schon, Wolfgang. Sag mal, wie viel arbeitest du eigentlich?«

»Hm, jetzt in der Erntezeit eigentlich rund um die Uhr, und dann kommen die noch auf die Idee, so einen Abend zu veranstalten, mitten in der Lese. Aber was soll's? Die Leute sind begeistert.«

»Was sagt denn deine Frau dazu?«

»Zu diesem Abend?«

»Nein, dazu, dass du rund um die Uhr unterwegs bist.«

»Na ja, ich glaube, das tut uns manchmal auch ganz gut. Es gibt Phasen, da sehen wir uns eine ganze Woche nicht. Und am ersten Tag, da sag ich noch: ›Na, wunderbar, guck du Fernsehen, ich übernachte an der Hotelbar, aber so nach drei, vier Tagen, da reicht einem das Handy nicht mehr, da will ich sie einfach wieder in den Arm nehmen. Weißt du, wir sind seit über fünfzehn Jahren verheiratet, und wenn man ab und zu mal weg ist, dann gibt man der Sehnsucht noch 'ne Chance!«

»Und deine Frau, die ist heute gar nicht hier?«

»Nein, so was interessiert sie nicht.«

»Aber du gehst hin, und da spielt sie einfach so mit?«

»Sie weiß, das ist nicht nur mein Job, das ist mein Leben. Und sie weiß wohl auch ganz genau, wenn ich sie nicht hätte, dann würde ich das alles nicht schaffen.«

»Ach so, hinter jedem starken Mann steht eine starke Frau, nicht wahr?«

»Nein, nicht wahr! Jeder starke Mann hat eine Frau, die nicht hinter ihm, sondern neben ihm steht. Auch wenn sie manchmal nicht mitgeht, weil sie sich gerade woanders viel wohler fühlt. Und der starke Mann, der weiß das.«

»Wolfgang, ich hätte da noch eine Frage.«

»Ja?«

»Warum fasst man das Weinglas eigentlich am Stiel an und nicht oben am Kelch?«

»Tja, man hört immer, dass die Hauttemperatur der Hand die Temperatur des Glases zu stark verändert. Aber ich glaube, das Problem sind schon wieder die Frauen. Wenn eine Frau das Glas am Kelch hält und dann am

Wein riecht, dann riecht sie wahrscheinlich Chanel No. 5 oder Dior oder Lagerfeld, aber bestimmt nicht den 2003er Altenahrer Eck, und der hätte es verdammt verdient. Weißt du was, Stefan? Ich freue mich wirklich, dass wir uns kennen gelernt haben.«

»Ich mich auch! Ich gehe mal gucken, wo die anderen abgeblieben sind. Mach's gut!«

Ich schlenderte vorbei an eifrig diskutierenden Menschen, an brilleschwenkenden Bankern und betont ernsthaft degustierenden Lehrern. Ich nahm von einem dargebotenen Tablett ein Glas Wein. Hm, der schmeckte eher nach Gewürzen, nicht so fein wie der von Wolfgang, aber auch sehr spannend. Ich sah Delia mit Kante und Bettina einige Stände weiter, aber in irgendeiner Windung meines Hirns formte sich der Wunsch nach Käse. Dieser Wein brauchte Käse, und Käse brauchte …

Ich ging noch einmal zurück zum ersten Stand. Normalerweise bin ich kein Mensch, der den Zauberern ihre Tricks entlocken will. Ich schaue mir ihre Darbietung an, dann bin ich erstaunt oder überrascht, dass die Assistentin im silbernen Kleid jetzt ein Zebra ist, und dann bin ich zufrieden, dass ich so etwas Tolles gesehen habe. Aber bei diesem Küchenmagier war das anders. Ich wollte einfach wissen, was das für Nüsse waren, die er zum Käse servierte. Ich fragte eine Kellnerin, sie ging kurz hinter den Tresen und dann stellte sie mir einen großen Mann vor. Er trug eine Kochjacke mit Stickereien auf der Brusttasche, das Haar war hinten ein bisschen zu lang, um der herrschenden Mode zu entsprechen, und oben ein bisschen zu rar, um die Kopfhaut zu bedecken. So stellt man sich eher einen Maler vor, kam es mir in den

Sinn. Aber wer solche Köstlichkeiten zubereiten kann, ist schließlich auch ein Künstler.

Ich erfuhr, dass die Walnüsse, wenn sie noch grün sind, vom Baum geschlagen werden müssen, dann werden sie in … »Halt!« Er schaute mich überrascht an, als ich ihn mitten in seinen Ausführungen unterbrochen hatte. »Ich will es doch nicht wissen, sondern einfach nur genießen.« Ich denke, an diesem Punkt unseres Gesprächs dachte er darüber nach, ob größere Mengen Spätburgunder bei einer gewissen Spezies von Touristen zu Schluckauf im Kleinhirn führen können. Aber die Geschichte mit dem Zauberer und dem Zebra gefiel ihm dann doch. Er hieß auch Stefan, darauf tranken wir noch ein Glas Spätburgunder, und ich versprach, einmal in seinem Restaurant in Heppingen vorbeizukommen. Delia konnte ich nirgends entdecken.

Ich ging vorbei an Wachteleiern und Lachs-Carpaccio, an Bankdirektor Grönefeld und an Rechtsanwalt Dr. Schönfelder. Ich nahm noch einen Cappuccino von Steinpilzen mit und traf noch einmal auf den Hoteldirektor, Herrn Burgmann, dessen Körperspannung auch nach einigen Stunden Stehparty nichts von ihrer aufrechten Elastizität eingebüßt hatte. Er hatte Delia zuletzt draußen bei der Gemäldeausstellung gesehen.

Ich verließ den Saal und schaute auf die Uhr. Es war fast zwölf. Die Zeit musste geflogen sein. Der Pianist hatte sich der Uhrzeit angepasst und spielte *Viva Colonia*. Wir lieben das Leben, die Liebe und die Lust …

Delia saß mit Kante, Bettina und drei Gläsern Wein auf dieser riesigen Treppe.

»Wollen wir los?«

»Ja, ich denke schon.«

Wir stiegen die Treppe hoch. Wir mussten kein Taxi rufen, es standen drei beige lackierte Limousinen mit gelbem Schild auf dem Dach vor der Tür. Ich ging freiwillig nach vorne.

Eine gute Viertelstunde später lag Delia neben mir im Bett, ein imaginäres Fensterbrett mit Kakteen zwischen uns.

»Weißt du was, es war trotz allem ein sehr schöner Abend, schlaf schön!«, sagte sie, und ich schlief nicht schön. Es stört sie, dass ich denke, dass sie was denkt. Ja, und was hieß das jetzt?

Das hieß, der Altenahrer Eck schmeckte wunderbar. Schlauer machte er mich nicht.

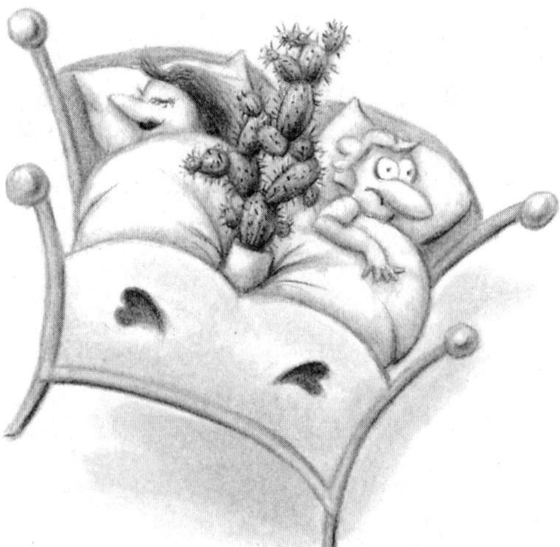

Der Wein und der Smalltalk

Es gibt zwei schlimme Smalltalk-Situationen auf Stehpartys. Entweder man steht in netter Runde zusammen, jemand kommt unverbindlich mit einem Tablett Weingläsern auf Sie zu, und Sie stehen genau neben diesem Buchhalter im mittleren Dienst, der mit griesgrämigem Gesicht das Bonmot absondert: »Ich kann auch ohne zu trinken fröhlich sein.«

Na, wunderbar, was der gute Mann mit dieser Sprechblase zur Fröhlichkeit des Abends beiträgt, ist, dass die ganze Meute San Pellegrino nachbestellt, und niemand weiß, wohin mit dem schuldbewussten Blick, am besten auf die Uhr, und das war's dann recht bald mit dem schönen Abend.

Eine kleine Chance dem entgegenzuwirken haben Sie allerdings noch, am besten mit dem Satz: »Ja, Sie, das ist klar, denn kaltblütige und träge Geschöpfe ertragen den Durst weit länger als warmblütige und tätige!« Schreibt schon das Brockhaus Konversationslexikon von 1833.

Die andere, fast noch kniffligere Gefahrensituation ist eine Runde voller professioneller Weinkenner, den Anstecker der Chevaliers de Tastevin am Revers, jeder hat ein Glas Wein in der Hand, jeder ist ein kleiner Robert M. Parker, ein kleiner Hardy Rodenstock.

Aber ich möchte Sie ermutigen. Die wenigsten Ihrer Gesprächspartner haben auch nur annähernd den Wein-

verstand, den sie vorgeben zu haben. Anstecknadeln kann man auch bei Ebay ersteigern. Vergewissern Sie sich einfach. Probieren Sie den Trick mit der Geruchsprobe aus. Nehmen wir mal an, Sie stehen gerade mit dem Anlageberater der Dresdner Bank und dem Präsidenten des örtlichen Golfclubs zusammen, und sie haben alle einen Rotwein im Glas. Dann halten Sie doch mal Ihre Nase in den Kelch, und bemerken Sie vollmundig: »Oh … Pfingstrose! Ja, ich bin mir sicher: Pfingstrose!« Sie können sicher sein, weder der Anlageberater der Dresdner Bank noch der Präsident des örtlichen Golfclubs hat jemals in seinem Leben an einer Pfingstrose gerochen. Wahrscheinlicher ist, dass Sie sich zwei Möchtegern-Weinkennern gegenübersehen, die nun äußern: »Genau!«

Wenn Sie das so weit gecheckt haben, dann können Sie nun mit Ihrem Zitatenschatz glänzen.

»Wie sagte doch schon der alte Gevatter Goethe: ›Das Leben ist zu kurz, um schlechten Wein zu trinken.‹ Oder Lessing, kennen Sie Lessing, das ist der, zwei gelbe Felder neben der Goethestraße. Gotthold Ephraim Lessing, der hat mal gesagt: ›Zu viel kann man wohl trinken, aber nie trinkt man genug!‹«

Hauen Sie Ihren Gesprächspartnern den Otto von Bismarck um die Ohren, der dereinst sagte: »Steht man vor einer schwierigen Aufgabe, so sollte man vorher eine halbe Flasche Rotwein trinken, besser, man trinkt sie ganz.«

Bei der Auswahl der Zitate sollte man natürlich die genaue Zusammensetzung der jeweiligen Runde beachten. Peter Frankenfelds Satz: »Wenn eine Frau einem Mann reinen Wein einschenkt, dann ist es bestimmt eine Spät-

lese«, empfiehlt sich wirklich nur in einer reinen Männerrunde.

Unter Musikern könnte man auch mal den Satz von Dean Martin einstreuen: »Du bist nicht betrunken, solange du auf dem Boden liegen kannst, ohne dich festzuhalten!«

Das ist allerdings ein Zitat, das erst ab dem dritten Glas passt. Wenn Ihnen keiner der hier erwähnten Sätze die uneingeschränkte Sympathie der Umstehenden einbringt, dann bleibt nur noch die Reißleine. Sie ziehen eine Augenbraue hoch, leeren Ihr Glas und mit Hemingways »Ein intelligenter Mann ist manchmal gezwungen, sich zu betrinken, um Zeit mit Narren zu verbringen!«, wenden Sie sich ab und der nächsten illustren Runde zu.

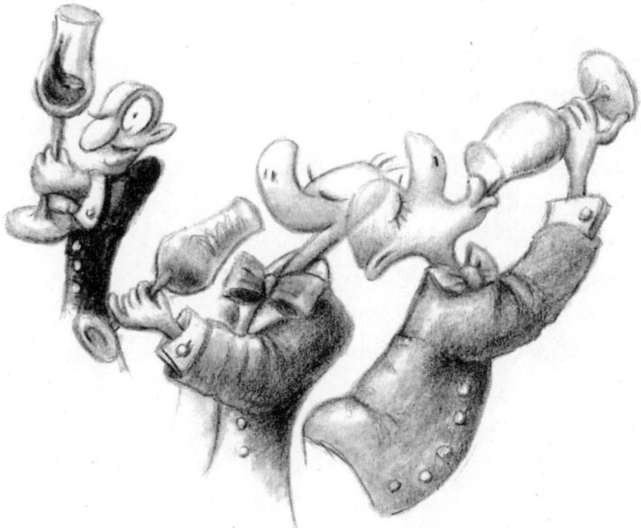

Morgenstund ist aller Laster Anfang

Die Sonne schien durch die Jalousien unseres Zimmers. Ich erwartete, dass die Lamellen der Jalousie ein Strichmuster auf Delias Rücken zeichneten, aber als ich meine Lider unter einigem Ächzen und Knacken einige Millimeter auseinander bewegt hatte, sah ich, die andere Betthälfte war leer.

Das imaginäre Fensterbrett mit den Kakteen hielt mich davon ab, mit der Hand zu fühlen, ob die Kuhle, die sie in der Bettdecke hinterlassen hatte, noch warm war. Es war auch gar nicht nötig. Sie war sicher noch warm, denn ich hörte aus dem Bad dieses Geräusch, und ich wusste, dass der Wasserstrahl der Dusche gerade ihren Körper massierte, und ich war schon ein bisschen neidisch auf diesen Wasserstrahl.

Ich schloss die Augen, und ich saß noch mal in diesem Taxi, Kante, Bettina und Delia auf dem Rücksitz, ich vorne, zwölf Euro sechzig, inklusive Trinkgeld vierzehn Euro. Alle lachten, selbst der Taxifahrer, alle lachten außer mir. Ich alter Miesepeter hatte mir wahrscheinlich die Mundwinkel wieder an die Schulterblätter getackert, und dann wunderte ich mich, dass …

Delia kam aus dem Bad, sie hatte das Badetuch um den Körper geschlungen und mit einem kleineren Handtuch die langen Haare zu einer Art Turban hochgesteckt. Der Turban hielt aber nicht, also versuchte sie, das kleine

Handtuch noch mal um die nassen langen Haare zu winden, dabei löste sich das Badetuch, das sie mit dem linken Ellbogen auffing und mit dem rechten Bein fixierte, um sieben Sekunden später den Reisefön aus dem Koffer zu holen und wieder im Bad zu verschwinden.

…Und dann wunderte ich mich, dass dieses begehrenswerte Geschöpf mit mir nichts mehr anfangen wollte.

Jetzt hätte ich liegen bleiben können und so tun, als ob ich noch schliefe; ich hätte ins Bad gehen und den direkten Kontakt zu dem Badetuch suchen können, oder ich hätte feststellen können, dass sie einfach schneller fönt, als ich nachdenke!

»Die Sonne scheint, die Vöglein singen, und Frühstück gibt es nur bis zehn. Steh auf, du Faulpelz!«

Nach wach küssen war ihr scheinbar nicht zu Mute. Na ja, so ist das halt, wenn auf dem Monitor steht: *Game Over!*

Ich bin ein Mensch, der ohne Dusche einfach nicht in den Tag findet. Ich dusche jeden Tag, lang und ausgiebig, ich koste jeden Wasserstrahl einzeln aus, ich genieße es, wie sie an meiner Schädeldecke anklopfen, und ein fröhliches »Guten Morgen« in das weite Rund werfen, aber heute wollte ich nun mal nicht in den Tag finden.

Sie gab mir ständig neue Rätsel auf, und ich war so berechenbar, ein Buch mit einem Siegel, und das war schon vor knapp drei Jahren aufgebrochen worden? Nee! Ich zog die Hose an, das Hemd, ich steckte es nicht in die Hose, ich trat in die Slipper und ging ins Bad. Ich putzte mir die Zähne, kämmte mir die Haare, die ohne Dusche nun mal nicht bereit sind, eine frisurähnliche

Kontur zu zeigen, und verzichtete darauf, etwaige Hautunreinheiten mit Seife oder Duschgel zu entfernen, so trat ich nun als »das Sams« vor sie und sagte: »Frühstück!«

»So willst du runtergehen?«

»Genau so!«

Das war ein »Phhh« oder ein »Tjhh«, das sie von sich gab. Sie trug mittlerweile eine weiße Jeans, ein verdammt knappes dunkelblaues T-Shirt mit der Aufschrift *Where's my Moët?* und hellblaue Todds.

Keines dieser Kleidungsstücke hatte ich vorher an ihr gesehen. Und ihr Koffer war lediglich ein ganz normal großer silberner Rimowa. Ich musste das wissen, ich hatte ihn ja vom Flughafen ins Auto geschleppt, nachdem der Jet beschlossen hatte, ohne uns abzufliegen.

Wie bekam sie so viele Kleidungsstücke in so einen kleinen Koffer? Wenn ich zwei Hosen, vier T-Shirts, drei Hemden, sieben paar Socken, vierzehn Unterhosen, ein Sakko, keinen Schlafanzug, keine Krawatte und einen Kulturbeutel eingepackt habe, dann ist mein Jumbo-Trolley aber so was von voll, dass ich mein ganzes Gewicht einsetzen muss, um die Zahlenschlösser zu bewegen, ihre gottverdammte Pflicht zu tun.

Irgendwas ist schon dran an diesem: »Geh mal weg, ich pack den Koffer, dann passt da mehr rein!«

»Wenn du das so willst.« Na ja, ich war mir jetzt nicht mehr ganz sicher, ob ich das so wollte. Wir gingen die Treppe runter zum Frühstücksraum.

Immerhin noch ein Hotelfrühstück! Wieder nicht das Frühstücksbuffet, das, wenn man fast allen Prospekten Glauben schenken darf, immer reichhaltig ist und so gut wie nie irgendwelche Wünsche offen lässt, aber diesmal hatte sich irgendein Rohkostfanatiker ganz viel Mühe gegeben: Äpfel, Ananasse und Bananen zerschnitten, Weintrauben hinzugefügt, Kiwis gepellt und es auf diese Weise ermöglicht, den Tag mit einem frischen Obstsalat zu beginnen. Neben der Glasschüssel mit dem Obstsalat stand eine weitere voll von gesunder weißer Masse, damit man den Obstsalat vielleicht noch mit einem Naturjoghurt krönen konnte, um damit einen Obsttag zu beginnen, diesen berühmten Obsttag, der sicher am nächsten Morgen auf der Waage ein sattes Kilo runterrechnet.

Aber wenn man nicht in den Tag kommen will, dann braucht man auch keinen Obstsalat.

»Tschuldigung, hätten sie vielleicht Rührei?«

Ich setzte mich mit meinem Teller an den Tisch. Jetzt ein Rührei, ein Brötchen und etwas Butter, die der Kellner mit dem silbernen Hosenboden wohl zuvor in kleine Blumenförmchen gepresst hatte.

»Du wolltest doch Obst essen!«

»Ja, aber nur an geraden Wochentagen. Heute haben wir Mittwoch.«

»Heute haben wir Dienstag. Na, ist auch egal, dann aber morgen!«

»Morgen ist dann Mittwoch, und das ist ja kein gerader Wochentag.«

Erst *Game Over* einblenden, und dann beim Frühstück die Ökotrophologin geben!

Sebastian erschien im Frühstücksraum, wollte schon beinahe zum Obstsalat greifen, aber dann bekam er so ein seltsames Flattern in den Nasenflügeln, als der

Kellner mit dem silbernen Hosenboden mein Rührei brachte.

»Oh ja, Rührei hätte ich auch gerne! Könnte ich das mit Speck haben, oder mit diesen kleinen Nürnberger Rostbratwürstchen?«

Also, er ist schon irgendwie ein netter Kerl, unser Kante.

Bettina kam wie immer als Letzte, weil Bettina eben nicht einfach kommt, Bettina inszeniert einen Auftritt, und dazu kam ihr natürlich die Treppe sehr gelegen. Bettina wirkte – im Gegensatz zu mir – einfach ausgeschlafen, dabei gar nicht geschminkt, einfach nur frisch wie der junge Morgen. So sieht sie morgens immer aus, aber bis sie so aussieht, das dauert halt seine Zeit. Ich habe einmal gelesen, dass Frauen durchschnittlich zwei Jahre ihres Lebens vor dem Spiegel verbringen. Ich bin sicher, die zwei Jahre hat Bettina schon hinter sich, dabei hat sie noch weit mehr als ein halbes Leben vor sich. Sie kam an den Tisch, küsste den lächelnd Rührei kauenden Kante, setzte sich, ohne Teller, ohne Rührei, einfach nur mit einem kleinen orangefarbenen Buch: *Straußwirtschaft!*

Drei Augenpaare erhoben sich von ihren Tellern. »Straußwirtschaft! Könnt ihr mit dem Begriff was anfangen!«

Ich konnte: »Ja nun, in Australien, da gibt es Crocodile Dundees, denen wird die Arbeit mit den Krokodilen auf die Dauer zu anstrengend, dann bauen die sich ein, zwei Gatter. Darin werden dann Strauße gehalten, die weiblichen Strauße legen die Eier, und die männlichen Strauße begatten die weiblichen. Verkaufen kann man, wenn ich recht informiert bin, die Eier, die Federn und die Filets. Davon kann man dann leben, und wenn man davon lebt, dann betreibt man eine Straußwirtschaft!«

»Völliger Blödsinn. Ich hab das hier nachgelesen: Ein Winzer darf für ein paar Wochen seinen eigenen Wein ausschenken und dazu ein paar einfache Speisen anbieten. Und damit die Kundschaft auch weiß, wann es so weit ist, bringt der Winzer draußen am Haus einen Strauß an. Ich stelle mir das total romantisch vor. Was meinst du, Stephan?«

»Ich meine, dem Vogel wird bestimmt kalt, wenn er da nächtelang am Haus hängt!«

Kante verdrückte gerade den Rest seines Rühreibrotes. »Meinst du, so was gibt's auch hier an der Ahr?«

»Ich hab den Kellner gefragt, ob es so was hier gibt, und er hat gesagt, überall, die ganze Ahr entlang, gibt es die! Man muss einfach nur auf die Sträuße achten. Manche haben eine richtig eingerichtete Wirtschaft. Bei anderen sitzt man einfach im Wohnzimmer. Wenn man Glück hat, dann holt der Herr sein Akkordeon raus und ...«

»Na, das ist ja toll!« Delia sprach diesen Satz in exakt dem Duktus, dass man ahnen konnte, sie misst der Begeisterung, die dieser Satz normalerweise ausdrücken soll, keinerlei Bedeutung zu.

»Weißt du, Delia, ich stehe in Köln jeden zweiten Abend in irgendeiner Bar, und eine ist langweiliger als die andere. Jetzt sind wir schon mal hier, und jetzt lass uns doch mal diesen komischen Wanderweg langlaufen, und überall, wo ein Strauß draußen hängt, da gehen wir rein. Wer ist dafür?«

Ich hob meine Hand, Sebastian war auch sofort dabei, also: Mehrheit! Delia war chancenlos, aber das wollte sie wohl nicht sein. Auch sie hob die Hand, damit war das Abstimmungsergebnis einstimmig, ohne Enthaltung.

»Wir sollten Waltraud fragen, wo man am besten wandert, um Straußwirtschaften zu finden!«

»Waltraud?«

»Na, die Hotelchefin!«

»Ach, Mrs. Doubtfire!«

Ich hatte einfach keine Lust, jetzt irgendetwas zu erklären.

»Na, dann frag mal die Waltraud!«

Wenn man über den Teufel spricht, dann ist die räumliche Entfernung zum Beelzebub bekanntlich nicht der Rede wert. Waltraud Doubtfire trat an den Tisch, um die rhetorische Frage zu äußern, ob denn das Frühstück geschmeckt habe. Vier bis auf den letzten Rühreikrümel leer gegessene Teller machten diese Frage eigentlich überflüssig.

Überflüssige Fragen beantwortet man am besten so, wie der Frager es gern hätte.

»Super, danke!«

»Also, diese Rühreier, ein Traum in Zartgelb!«

»Äh, Waltraud?«

Na, das war ja mal daneben. Wie kam ich dazu, Mrs. Doubtfire beim Vornamen anzureden? Ganz einfach, ich kannte keinen Nachnamen, und bei »Äh, Mrs. Doubtfire?« hätte sie wahrscheinlich den Gesichtsausdruck eines 88er Opel Ascona angenommen.

Sie lächelte. Jetzt noch schnell ein »Sie« hinterherschieben, und sie sieht mich vielleicht doch nicht als den ungehobelten Flegel, der ich ja oft auch gar nicht bin.

»Sie wissen doch bestimmt, wo wir hier in der Gegend Straußwirtschaften finden können!«

»Straußwirtschaften? Na, das ist wirklich eine tolle Idee! Also meine Geheimtipps liegen in Dernau und Rech. Wenn Sie jetzt von hier nach Dernau laufen, dann haben Sie schon die ersten zwei oder drei auf dem Weg, und der nächste Ort heißt dann Rech, da finden Sie dann noch mal drei, also Geheimtipps! Straußwirtschaften gibt's da bestimmt zwanzig!«

»Von hier nach Dernau, das sind vier Kilometer, oder?«

»Ja, aber ich überlege gerade … Nee, so hat das keinen Sinn. Sie gehen von Ahrweiler über den Rotweinwanderweg nach Rech. Der Rotweinwanderweg führt oben durch die Weinberge. Aber Vorsicht, da stehen jetzt im Herbst überall kleine Sonnenschirme und Sitzgelegenheiten. Man hat von da oben einen herrlichen Blick über das Tal, die Winzer bieten ihren Rotwein an, aber wenn Sie da auch nur unter jedem dritten Sonnenschirm ein Päuschen einlegen, dann kommen Sie vielleicht noch in Rech an, aber von den Straußwirtschaften haben Sie dann nichts mehr. In Rech gehen Sie über die alte Steinbrücke, dann müssen Sie in den Hof Bärenbach und in das Alte Pfarrhaus, das ist zwar keine Straußwirtschaft, die haben das ganze Jahr auf, aber …«

»Können Sie uns die Adressen aufschreiben?«

»Ja, das kann ich auch.«

Sie wandte sich zum Gehen, aber in ihrem letzten Blick hatte ich doch den Anflug einer kleinen Enttäuschung entdeckt. Sie hätte uns bestimmt noch gerne kurz und knapp die Vor- und Nachteile von ca. hundertfünfzig dieser Straußwirtschaften erklärt!

Die Straußwirtschaft

»Im Rahmen einer Straußwirtschaft ist der Ausschank von selbst erzeugtem Wein für die Dauer von maximal vier Monaten oder zwei zusammenhängenden Zeitabschnitten von insgesamt vier Monaten erlaubnisfrei. Zur Führung einer Straußwirtschaft sind nur Personen befugt, die hauptberuflich im eigenen Weinbau tätig sind (Winzer, nicht befugt: Weinhändler und Weinkommissionäre).«

So liest sich das in den Tipps für das Gastgewerbe der IHK Pfalz!

Eigentlich war es ja schon Karl der Große, der nicht nur Weinberge anlegen ließ, sondern dem auch daran gelegen war, dass der Wein unter die Leute kam. Und nicht nur das. Die meisten Winzer waren bettelarm, sie brauchten dringend die Einnahmen aus dem Ausschank.

Natürlich wirft das ein besonderes Licht auf Karl den Großen, von wegen »so eine Regierung lässt sich nur im Suff ertragen!«. Aber seien wir ehrlich: Karl der Große lebte von 742 bis 814 nach Christus. Da hatten wir nun wirklich nichts anderes erwartet. Aber das mit den Straußwirtschaften war doch schon mal eine tolle Idee.

Beinahe hätten sie das Mittelalter nicht überlebt. »Missbräuchliche Völlerey« wurde befürchtet. Aber nachdem die Winzer zusicherten, dass erst beim Läuten der Weinglocke nach Feierabend oder sonntags nach der Messe ausgeschenkt würde und dass liederliche Personen »zur

Aufrechterhaltung der Sittlichkeit« keine Beschäftigung fänden, erklärten sich die zumeist kirchlichen Obrigkeiten doch bereit, die Straußwirtschaften zu dulden, aus nicht ganz uneigennützigem Interesse! Und das natürlich mit Recht! Wie sprach doch bereits Matthäus (15,11): »Was zum Munde eingehet, verunreiniget den Menschen nicht.«

Die Straußwirtschaften bieten vor allem für kleine Weinbaubetriebe eine willkommene Nebenerwerbsquelle. Deshalb sind auch einige besonders findige Winzergenossen auf Ideen gekommen, wie man die zeitliche Begrenzung prima aufheben kann.

So ein Weinbau, der wird ja schon mal von mehreren Familienmitgliedern gemeinschaftlich betrieben, oder von einer Erbengemeinschaft, so kann der Vater dann im September und Oktober das Wohnzimmer als Straußwirtschaft ausweisen, im November und Dezember ist der Sohnemann mit der Küche an der Reihe, gefolgt von Mutter, Tochter, Cousin und Schwippschwager. Zack, ist das Jahr auch schon rum.

Mittlerweile hat der Gesetzgeber unmissverständlich festgelegt: eine Familie – eine Straußwirtschaft! Damit hat er dem munteren ganzjährigen Treiben einen Riegel vorgeschoben. Wer sich nicht daran hält, landet hinter Schloss und selbigem, bei Brot und diesem unsäglichen Getränk, das echte Winzer nur zum Händewaschen benutzen.

Straußwirtschaften gibt es in allen Weinanbaugebieten Deutschlands. Natürlich heißen sie nicht überall so. In den Großräumen Stuttgart und Heilbronn nennt man sie Besenwirtschaften, und – sie wären nie darauf gekommen –

da steht ein Reisigbesen vor der Tür. Was mich ein wenig beunruhigt ist die Tatsache, dass als zusätzliches Signal oft eine rote Glühbirne verwendet wird.

Also, speziell, wenn die potenziellen Gäste aus dem Norden kommen und mit einem LKW unterwegs sind, würde ich vielleicht doch eher zu einer gelben oder grünen Lampe tendieren.

Der fränkische Name unseres saisonalen Gutsausschankes lautet übrigens Heckenwirtschaft. Der »Häcker« ist die regionale Bezeichnung für Winzer.

Es hat also überhaupt nichts mit der Ligusterhecke zu tun, die sich um das Grundstück rankt, auch wenn so mancher Gast, der die Stube verlässt, so aussehen mag, als sei er rückwärts durch eine selbe gekrochen.

Das Wandern mag des Müllers Lust sein ...

Ich musste den Kellner mit dem silbernen Hosenboden unbedingt nach seinem Vornamen fragen. Natürlich war er gut zwanzig Jahre älter als ich, aber ich wollte ihm ja auch nicht das »Du« anbieten. Ich wollte es wie bei Waltraud Doubtfire mit dem Trick Vorname und Sie versuchen.

»Leopold«! Ein Kellner mit Namen Leopold, das kam mir bekannt vor, das war ... Fällt mir bestimmt noch ein!

Leopold erklärte sich bereit, uns zum Rotweinwanderweg zu fahren. Der Vorname war die eine Überraschung, sein Wagen war die andere. Leopold fuhr einen Citroën DS 20, das Auto, das der Kenner landläufig als »Die Göttin« bezeichnet, weil das französische Wort *déesse* eben Göttin heißt. Leopolds Auto hatte Sitze, die man ohne Übertreibung als Fauteuils bezeichnen konnte. Seine Hose wies zwar einige Ge- oder Verbrauchsspuren am Hinterteil auf, aber sein Auto war einfach nur eine Augenweide in Cremeweiß. Damit kutschierte er uns nun zu diesem Möbelhaus, das Mrs. Doutfire erwähnt hatte, dem Ausgangspunkt unserer kleinen Wanderung. Von diesem Einrichtungsfachmarkt aus müsse man nur eine kleine Steigung überwinden, so Leopold, um dann links auf den Rotweinwanderweg zu stoßen.

Wir gingen unter einer Brücke durch, hundert Meter

weiter kamen wir an eine Übersichtskarte, die das Ahrtal in sieben bunte Linien teilte, die sich kreuz und quer über die Karte schlängelten. Wenn man diese Linien mit dem rechts darunter aufgeführten Maßstab in Beziehung brachte, dann konnte man nicht einmal ahnen, welche Höhenunterschiede auf uns warteten.

Gleich der erste Anstieg war schon, na sagen wir mal, ungewohnt. Wie soll ich das jetzt erklären? Haben Sie mal die Tour de France gesehen? Dieser Anstieg nach Alpe d'Huez? So in der Art sah die Steigung aus, es standen nur nicht so viele Zuschauer an den Seiten, aber wir waren ja auch noch ganz unten.

Andere hatten meine Probleme nicht. Jogger in leuchtend orangenen Jogging-Sweatern und leuchtend orangenen Joggingschuhen flogen vorüber. Dann vernahm ich ein seltsames Klackern, und – wusch – waren die Walker an uns vorbeigeschossen. Meine Lungenflügel arbeiteten heftig, mein Puls lag bei knapp unter 300, und endlich erreichten wir den Gipfel. Den ersten Gipfel, mir war klar, es würden noch einige kommen.

Kante sah mich ein wenig mitleidig an. Wenn Kante jetzt einen leuchtend orangenen Jogging-Sweater und leuchtend orangene Joggingschuhe getragen hätte, hätte ich ihn sicher erschlagen, aber er war ganz normal gekleidet.

Nach zweihundert Metern hatten wir den ersten Gipfel erreicht. Es ging einige Meter bergab, und wenn nicht, dann wenigstens nicht bergauf.

Wir kamen an einer Baustelle vorbei, und Bettina hatte wieder ihren Fremdenführer zur Hand. »Das müsste der Atombunker der Bundesregierung sein.«

»Bitte?«

»Ja, das ist der Eingang eines Höhlensystems, in dem dreitausend Menschen dreißig Tage überlebt hätten! Das glaubte man jedenfalls. Wird gerade abgerissen. Nur zweihundert Meter sollen als Museum erhalten bleiben. Da können wir uns dann demnächst anschauen, wo der Kanzler und der Präsident in hundertzehn Metern Tiefe in himbeerroten Siebzigerjerjahre-Ledersesseln den Ernstfall diskutiert hätten!«

»Wären bei diesem Ernstfall Straußwirtschaften übrig geblieben?«

»Sicher nicht!«

»Dann lass uns einfach weitergehen!«

Einige hundert Meter weiter kamen wir ans Kloster Marienthal. Das ehemalige Staatsweingut liegt direkt neben der Kirche ohne Dach.

»Das muss ich mir wirklich ansehen!« Kante wechselte sofort die Richtung, und uns blieb eigentlich nichts anderes übrig, als ihm zu folgen. Wir stiegen eine schmale Treppe herunter, öffneten ein Tor und standen mitten in einem Garten, den man als verwunschen hätte bezeichnen können, wenn man nicht genau gesehen hätte, dass hier gestern oder vorgestern jemand ein großes Fest gefeiert hatte.

Große Metallschüsseln mit Schwimmkerzen, riesige Sonnenschirme, drei leere Fässer und ein großer rechteckiger roter Kasten, in dem wohl Kölschgläser transportiert worden waren, standen vor einem Fachwerkhaus. In dessen Tor rauchten zwei Bauarbeiter eine Zigarette. Wenn man sich aber vorstellte, dass die Kerzen brannten, die Gläser voll waren, und wenn dann noch die beiden

Bauarbeiter schon Feierabend hätten, dann hätte man hier bestimmt einen wunderschönen Abend verleben können.

Vielleicht hatte ich in Gedanken gerade Delia im Arm, als ich eine Stimme hörte: »Hier ist zwar geschlossen, aber kann ich was für Sie tun?«

»Wir sind oben über den Rotweinwanderweg gelaufen, und da haben wir das Kloster gesehen ...«

»Und das hat Ihnen gefallen, ne? Mir auch, deshalb haben wir es gekauft!«

Nee, das konnte jetzt nicht sein, vor uns stand ein Mann mit einem kleinen runden Bauch, mit einem Schnauzbart und mit einem freundlichen Grinsen, der nie und nimmer so aussah, wie jemand, der so mir nichts, dir nichts Klöster kauft!

»Nee, das ist auch nicht die ganze Wahrheit. Wir haben es uns mit mehreren Winzern geteilt. Und was treibt Sie zu unserem alten Gemäuer?«

Kante erläuterte unsere Tagesplanung: »Na ja, wir marschieren jetzt den Rotweinwanderweg bis nach Rech, und dann wollen wir von Rech bis Dernau alle Straußwirtschaften mitnehmen, die so am Wegesrand liegen. Wir wollen hier schließlich was über Wein erfahren, und das geht doch am besten, indem man ihn probiert!«

»Na, dann nehmen Sie sich vielleicht doch nicht gleich alle vor, und wenn Sie in Dernau sind, dann kommen Sie doch mal im Hofgarten vorbei, da können Sie auch allerhand probieren! Wir haben Weine von der Ahr, aus Portugal und aus Südafrika.«

Das war jetzt genau der Zeitpunkt, um mein frisch erworbenes Wissen zu demonstrieren: »Moment, in einer

Straußwirtschaft darf doch nur selbst produzierter Wein angeboten werden!«

»Erstens ist der Hofgarten keine Straußwirtschaft, sondern eine Gutsschenke, und zweitens sind die Weine alle selbst produziert! Dann bis nachher, und … schauen Sie sich die Kirche ohne Dach an. Die muss man einfach gesehen haben!«

Wir durchquerten den Garten und gingen rechts durch ein Tor in das Kirchenschiff, wo an allen Seiten Kerzen angebracht waren. Unter freiem Himmel standen Stuhlreihen, es gab eine kleine Bühne, und ich wusste, hier ein Konzert von Chris de Burgh sehen, *In a Country Churchyard,* das müsste die Offenbarung sein. Delia stand neben mir, hakte sich wie selbstverständlich bei mir ein. Selbstvergessen sozusagen. Beim Anblick des ehrwürdigen Gemäuers hatte sie offenbar ganz vergessen, dass sie mit mir eben nichts mehr anfangen wollte, und ihre Hand durch meine Armbeuge geschoben. Vielleicht dachte sie vor der kleinen Bühne das Gleiche wie ich? Bettina dachte an etwas ganz anderes: »Wenn wir jetzt nicht aufbrechen, ist es schon dunkel, wenn wir in Rech ankommen!«

Komisch, als wir die Treppe zu dem Kloster heruntergestiegen waren, wäre ich nie auf die Idee gekommen, dass das so viele Stufen sind, so verdammt viele Stufen. Doch irgendwann endete die Treppe tatsächlich, und wir kamen wieder auf den Rotweinwanderweg, und dieser Weg führte nun bergab. Welche Wohltat. So weit das Auge sehen konnte, ging es bergab. Dummerweise konnte das Auge nur bis zur nächsten Wegbiegung sehen, und die lag vielleicht zweihundertfünfzig Meter entfernt. Direkt dahinter war schon wieder Schluss mit der Entlastung der Wadenmuskulatur.

Mir fielen die diversen Tour-de-France-Übertragungen wieder ein, wo man ja auch immer auf den Flachstücken zwischen den Anstiegen hofft, dass Jan Ulrich noch mal »rankommt«, dann kommt aber die nächste »giftige Steigung«, und wieder sind die anderen Jungs mit den bunten Hemdchen am Horizont enteilt.

»Was grinst du so?«, fragte Kante.

»Ach, ich musste gerade an das Rührei denken.«

Eine selten dumme Ausrede. Aber hätte ich ihm erzählen sollen, dass mich gerade der Gedanke, dass ich diesen Berg nicht mit dem Fahrrad erklimmen musste, in Hochstimmung versetzte? Dann doch lieber zu Fuß, da macht man doch eigentlich eine ganz gute Figur. Ich zog den Bauch ein, hievte die Schultern leicht nach oben, genauso wie die Mundwinkel, versuchte meinem Schritt eine gewisse Leichtigkeit zu geben, und wurde von einigen im Rentenalter befindlichen Walkern überholt.

Mintgrüne und orangefarbene Jogger hüpften locker vorbei und unterhielten sich dabei über Aktienkurse und Rhetorik-Seminare.

Delia blieb stehen und streichelte zwei Ponys, die zufrieden am Wegesrande grasten. Mir bot sich also eine willkommene Verschnaufpause, während Bettina und Kante strammen Schrittes den nächsten Achttausender hinaufeilten.

»Na, platt?«

»Ich? Nein! Ich finde es toll hier. Dieses Grün, und die Pferde, und dann immer wieder diese Stände der

Winzer, wo man einfach mal ein paar Minuten Rast machen kann!«

»Nix da, du hast es doch selber gehört! Na komm, die letzten paar Meter schaffen wir auch noch.«

Jetzt lächelten ihre Augen wieder. In den knapp drei Jahren unseres Mit- und Nebeneinanderherlebens hatten wir nie einen solchen Spaziergang unternommen, keine Zeit. Vielleicht hätten wir sie uns einfach nehmen sollen.

Zehn Minuten später, nach insgesamt sieben kräfteraubenden Kilometern, sieben einladenden Sonnenschirmen und siebentausend abtrainierten Kalorien, erreichten wir eine verwitterte Bank, auf der sich Bettina und Kante von der Sonne bescheinen ließen, das heißt, Bettina ließ sich von der Sonne bescheinen. Kante ließ sich von der Landschaft beeindrucken. Die Ahr schlängelte sich durch das Tal. Die Weinberge leuchteten regelrecht. Bei diesem Anblick ließ sich nachvollziehen, warum irgendein Dichter oder Denker die gemischte Zeit-Farb-Angabe »Goldener Oktober« ersonnen hatte.

»Na, ist das nicht ein überwältigender Anblick! Da unten im Tal, das ist Rech.«

Ja, es war ein überwältigender Anblick. Aber für mich war in diesem Augenblick etwas anderes viel bedeutender. »Unten im Tal«, das war ein schöner Ausdruck. »Unten im Tal«, das bedeutete: Ab jetzt müssen wir keinen Meter mehr bergauf laufen. Das traf sich gut. Ich hätte auch keinen weiteren Meter geschafft.

Wir standen auf der alten Ahrbrücke, die das Örtchen Rech mit der viel befahrenen Bundesstraße verbindet, und beobachteten die Forellen, die vor den mächtigen Brückenpfeilern im Fluss zu stehen schienen. Bettina las aus ihrem Reiseführer vor. »›Urkundlich erwähnt wurde Rech erstmal 1140, als dem nahen Kloster Marienthal ein Gut in Reth zugewiesen wurde. 1720 wurde mit dem Bau der Kirche begonnen und drei Jahre später mit der ersten steinernen Ahrbrücke …‹ Das muss die sein, auf der wir gerade stehen! Moment, geht noch weiter: ›… gastfreundliches Miteinander, Lebensfreude und Natürlichkeit bestimmen das Leben der Winzer, die hier Weinbau im Einklang mit der Natur betreiben. Dabei sehen sie sich als eine Großfamilie, denn Rech hat kaum mehr als 600 Einwohner, die Sie zu jeder Jahreszeit willkommen heißen.‹«

»Ist das ein Reiseführer oder eine Werbebroschüre?«, wollte Kante wissen.

»Wieso hat Bettina einen Reiseführer?«, fragte ich. »Ääh, na ja, den wird ihr Mrs. Doubtfire gegeben haben.«

»Ja, wahrscheinlich, aber …«

»Ich rieche Zwiebelkuchen!« Kantes Nasenflügel flatterten wieder. »Ich glaube, den haben wir uns jetzt verdient.«

Vor der Brücke lag das Weinhaus St. Nepomuk. Wohl

benannt nach dem Heiligen St. Nepomuk, dessen Statue bei der großen Flut 1910 von der Brüstung der alten Steinbrücke kopfüber in der Ahr gelandet war, wie Bettinas Büchlein zu berichten wusste. Hält man sich dann nach der Brücke links, kommt man am *Kningstall* vorbei, also dem Kaninchenstall. Damit man das auch versteht, wenn man des Dialektes nicht mächtig ist, hatte jemand die Kaninchen auf ein großes Schild gemalt. Den Strauß suchte ich allerdings vergeblich, was nicht heißen soll, das keiner da war. Der ganze Ort war von so vielen Blüten geschmückt, dass man einen einzelnen Strauß schon mal übersehen konnte. Rechts führte uns der Weg in die Bärenbachstraße, die uns zur ersten Adresse führen sollte, die auf Mrs. Doubtfires Zettel stand: Johann Jakob Hostert. Um zu Johann Jakob Hostert zu gelangen, musste man jedoch erst einmal vorbei an Walter Hostert und Alfons Hostert.

Delia sagte: »Wenn mich nicht alles täuscht, dann sind wir doch oben am Rotweinwanderweg an der Eremitage vorbeigekommen, und da stand: ›Bernhard Hostert‹!«

»Ja klar, das steht hier ja auch so«, meinte Bettina. »Gastfreundliches Miteinander, Lebensfreude und Natürlichkeit bestimmen das Leben der Winzer, dabei sehen sie sich als eine Großfamilie.«

Die Bedienung kam, und wir bestellten Spätburgunder, dreimal Zwiebelkuchen und einmal heiße Fleischwurst. Ich bin sicher, wenn Rührei auf der Karte gestanden hätte, hätte Kante sich anders entschieden.

Ganz kurz nachfragen musste ich schon: »Dann betreiben also vier Hosterts hier Weinbau?«

»Ja, aber zur Familie gehören nur drei, der vierte, der heißt nur so!«

Kante versuchte den Dingen auf den Grund zu gehen: »Wahrscheinlich gab es irgendwann einen Hostert, und der hatte viele Söhne, und jeder kriegte einen Weinberg.«

»Das ist zwar stark vereinfacht, aber so in der Art war es schon«, pflichtete die Bedienung bei.

»Und das Schöne ist, dass sie sich immer noch als Großfamilie fühlen«, legte Bettina ihr neu erworbenes Reiseführerwissen in die Waagschale.

Dieses beantwortete die junge Dame mit dem Satz: »Was soll ich dazu sagen? Es soll heute Abend noch Regen geben ...«

Der Zwiebelkuchen war klasse, der Spätburgunder war ein Spätburgunder. Wir gingen noch ins Alte Pfarrhaus, das wirklich so aussah wie ein altes Pfarrhaus. Kein Innenarchitekt hatte hier auch nur ein müdes Glas Rotwein verdient. Man saß einfach im Wohnzimmer der Winzerfamilie. Im Hof Bärenbach empfing man uns mit dem Satz: »Zwiebelkuchen ist aus!« Kein Wunder, der gepflasterte Innenhof des alten Bruchsteinhauses war proppevoll von fröhlichen Zechern. Wir probierten einen Blauen Portugieser, unter dem ich mir noch vor wenigen Tagen sicher einen alkoholisierten Südländer vorgestellt hätte, und machten uns auf den Weg nach Dernau.

»Sollen wir nicht ein Taxi nehmen? Ich sitze auch vorne und bezahle!«

Drei zu eins, verloren! Wir gingen an der Ahr entlang, vorbei an den wenigen Weinbergen, die keine Berge waren, und an penibel gepflegten Rebstöcken, an denen sich mit Scheren bewaffnete Menschen zu schaffen machten.

Delia lächelte mich ein bisschen schelmisch an. Ich kannte diesen Blick, und ich wusste, sie hatte ganz leicht einen im Tee und wurde übermütig. »Klaust du mir eine Weintraube?«

»Ja, klar!«

Ich ging ein paar Meter zurück. Ich würde einen Teufel tun. Die Winzer sind bewaffnet …

Der Winzer Hartmut H. aus R. wird beschuldigt, den Software-Experten Walter K. in seinem Maischebottich immer wieder mit dem Kopf untergetaucht zu haben, bis dieser einer Ohnmacht anheim fiel. Dabei soll er ständig geschrieen haben: »Du lässt in Zukunft meinen Wein in Ruhe!« H. hatte den K. am Abend zuvor auf frischer Tat ertappt, als dieser damit beschäftigt war, den H'schen Weinberg in einer Nacht-und-Nebel-Aktion abzuernten und die Trauben in seinem Omega-Kombi abzutransportieren.

Nachdem der Software-Experte Walter K. sein Bewusstsein wiedererlangt hatte, seien ihm noch hunderte von Dornfeldertrauben auf der nackten Haut zerquetscht worden, bevor man ihn dann zur Ausnüchterung in ein großes Eichenholzfass gelegt habe, wo er erst am darauf folgenden Nachmittag von der Winzergattin Ludmilla H. entdeckt worden sei und befreit werden konnte.

Im Laufe der Verhandlung ermittelt der Privatdetektiv des Staatsanwaltes, dass Walter K. schon vorher ein Verhältnis mit der Winzergattin Ludmilla gepflegt hatte, und just an diesem Abend lag er, der Privatdetektiv, zufällig mit einem Tonbandgerät im Weinkeller, sodass er nun zweifelsfrei nachweisen konnte, dass der Winzer gar nicht gerufen hatte: »Du lässt in Zukunft meinen Wein in Ruhe!«, sondern: »Du lässt in Zukunft mein Weib in Ruhe!«

Eifersucht ist ein niedriger Beweggrund. Wenn es um den Spätburgunder gegangen wäre, hätte Frau Dr. Barbara Herzog vielleicht eine Bewährungsstrafe erwogen, aber so?

Der Winzer wurde wegen Freiheitsberaubung und Körperverletzung zu 18 Monaten Gefängnis ohne Alkohol verurteilt, die Kosten des Verfahrens trägt das Landwirtschaftsministerium!

Der Mann stand in einer grünen Latzhose und einem karierten Hemd vor mir. Er hatte eine Schere in der Hand und prüfte seine Trauben. Die Wahrscheinlichkeit, dass es sich um einen Winzer handelte, war ausreichend hoch.

»Tschuldigung, meine Freundin will, dass ich ihr eine Traube klaue, hätten Sie was dagegen?«

»Nee, hätte ich nicht, aber passen Sie auf, viele sind verfault. Gucken Sie mal hier, da sind noch ein paar Beeren grün, und trotzdem fault es schon an einigen Stellen. Drei Tage Regen am Stück, das ist natürlich Gift für den Burgunder. Oh, diese Traube sieht prima aus, nehmen Sie diese hier, und sagen Sie Ihrer Freundin, ich wäre fuchsteufelswild geworden, als Sie aus dem Wingert gelaufen sind. Frauen sind so!«

»Danke schön!«

Ein wertvoller Rat, den ich sogleich befolgte.

»Du, der Winzer hat das mitgekriegt, als ich die Traube geklaut habe, der ist fuchsteufelswild geworden! Aber ich war schneller!«

»Hätte ich nicht wegen dir den Flieger verpasst, dann läge ich jetzt im Beach-Resort am Pool, und wir hätten eine riesige Obstschüssel neben uns! Tja, mein Lieber, wer nicht fliegen kann, muss laufen!«

Bettina kramte den Zettel von Mrs. Doubtfire hervor: »Also, in Dernau müssen wir zur Straußwirtschaft Gaby Kreuzberg in der Hardtbergstraße und in den Burggarten von Irma und Hermann-Josef Kreuzberg.«

»Aha, in Dernau heißen die also alle Kreuzberg und nicht Hostert. Wie gut, dass Johann-Sebastian Bach kein Winzer war. Der hatte, glaube ich, zwölf Kinder,« sagte Kante, »der hätte das ganze Ahrtal überschwemmt!«

Wenig später saßen wir im Burggarten. Wenn man ein paar Werbefotos für Straußwirtschaften schießen möchte, dann sollte man hier anfangen. Wir saßen unter einer riesigen Phoenixpalme in einer Art Atrium. Die Wände rundum waren nicht unbedingt gerade, die Gasstrahler, die auch im Herbst noch eine angenehme Temperatur gewährleisten sollten, waren nicht unbedingt romantisch, aber die rothaarige Frau, die uns bediente, war einfach nett. Nicht nett in diesem landläufigen Sinne, also nichtssagend oder ein bisschen hübsch. Nein, sie hatte sich einfach vorgenommen, uns einen angenehmen Abend zu bereiten, und nicht nur uns! Ich lehnte mich zurück in die Lehne des Metallgartenstuhls und hörte die Stimme von Bettina:

»Wir müssen noch in den Hofgarten!«

»Richtig!«

Wir gingen die … straße hoch zur Kirche, und direkt dahinter lag der Hofgarten. Ziemlich versteckt gab es da einen Innenhof und überdachte Fast-Terrassen, dazu einen alten Gasthof-Teil und einen neuen Gasthof-Teil mit Nebenraum. Also, wenn man sich im Hofgarten mit jemandem verabredet, sollte man nicht mit der Bestellung warten, bis der zu Treffende mit am Tisch sitzt. Bevor jener dort eintrifft, könnte man bereits verhungert sein.

Wir fanden einen Platz draußen, aber überdacht, also fast schon drinnen, aber noch vor der Tür. Die Karte war schon spannend. Wir bestellten einen Wein mit einem lustigen Namen: *Us de la Meng.*

Wir hatten gerade probiert, da stand er plötzlich an unserem Tisch, der Mann mit dem kleinen runden Bauch, mit dem Schnauzbart und dem freundlichen Grinsen, der nie und nimmer so aussah, wie jemand, der so mir nichts, dir nichts Klöster kauft.

»Na, schmeckt Ihnen der *Us de la Meng*? Schön, dass Sie gekommen sind.«

»Der Wein ist prima, aber wie kommt man auf so einen Namen?«

»Na ja, *Us de la Meng,* das kommt aus dem Französischen: *de la main,* also aus der Hand, und der Wein ist eine kleine Komposition. Ich bin da vor einigen Jahren durch den Keller gelaufen und habe ein bisschen aus dem einen Fass genommen, dann noch etwas aus dem anderen Fass, dann probiert, hiervon und davon ein bisschen, wieder probiert … Ja, so entstand unser Gutswein, halt *us de la Meng*! Hier versteht das ja auch jeder, aber ich habe einen Kunden aus Hannover, der kannte den Begriff natürlich nicht, aber er hatte schon erkannt, dass das was mit Französisch zu tun hat. Also rief der an und bestellte ›noch eine Kiste von dem *üüs dö la Moonsch*‹!«

Er hielt sich den stattlichen Bauch, sein Schnauzbart vibrierte vor Lachen. »Aber jetzt müssen Sie mal unseren Z probieren!« Er holte eine Flasche mit einem schwarz-weißen Etikett. »Den Wein mache ich zusammen mit einem befreundeten Winzer aus Südafrika.«

Er schenkte uns tiefroten Wein ein, dunkler als die Ahr-Weine, die wir bis jetzt probiert hatten. Dieser Wein schmeckte völlig anders, eher nicht so fruchtig, sondern mehr nach Gewürzen, schwer zu beschreiben.

»Toll, aber wie kommt man auf die Idee, einen Wein in Südafrika zu produzieren?« Ich stellte ihm schon das zweite Mal eine Frage mit »Wie kommt man auf die Idee …?«. Er erklärte uns, dass Winzer ja nicht nur sein Beruf sei. »Es hat mich einfach interessiert, wie Wein auf der anderen Halbkugel wächst, ob ich da auch einen guten Wein hinkriegen würde. Und wenn wir hier Herbst haben, ist da unten Frühling, und da hab ich ja Zeit!«

Wie kommt man bloß auf die Idee, dass der Mensch gar keine Pause braucht. Ich habe ihn nicht gefragt. Das wäre ja auch die dritte »Wie-kommt-man-bloß-auf-die-Idee«-Frage gewesen.

Bis zur Haltestelle der Ahrtalbahn waren es ein paar Hundert Meter. Wir mussten aufbrechen, wenn wir nicht wieder zu Fuß zurück nach Ahrweiler wollten. Und ich wollte nicht zu Fuß nach Ahrweiler.

Bettina ließ uns erneut an ihrem Reiseführer-Wissen

teilhaben. »Die Ahrtalbahn müsste an der Bunten Kuh vorbeifahren. Das ist eine ganz bekannte Felsformation. Aber leider ist es schon dunkel. Da werden wir wohl nichts mehr sehen können.«

Mir taten die Füße weh, ich hatte leicht einen im Tee, ich war Kilometer gelaufen und mit Delia nicht einen Schritt vorangekommen. Bunte Kühe waren vielleicht das, was mich an diesem Abend am wenigsten interessierte.

Als wir am Goldenen Hirsch ankamen, war durch die Fenster das warme Licht der Gastlichkeit aus dem Schankraum zu sehen.

»Ich glaube, jetzt habe ich Durst auf ein Bier«, überraschte uns Kante.

»Ja, vielleicht eins«, sagte ich.

»Ich gehe ins Bett, ich will morgen früh nach Hause!« Delia und Bettina gingen hoch aufs Zimmer. Ich saß mit Kante am Tresen, und wir tranken schweigend unser Bier.

»Noch eins?«

»Ja.«

Und wir schwiegen weiter. Ich wollte ihm nicht erzählen, was in mir vorging. Und es wird bestimmt irgendwas gegeben haben, was er mir nicht erzählen wollte. Vielleicht wollte er auch die melancholische Stimmung nicht stören. Ein schweigender Mann, der in seinem Bier nach der Wahrheit sucht, das hat schon was. Zwei schweigende Männer an einem alten Tresen, das ist ein Stoff für Balladen.

»Gute Nacht, Kante!«

»Gute Nacht, Stefan!«

»Gute Nacht, John-Boy, gute Nacht, Mary-Ellen!« So, das tat gut, zu melancholisch darf man auch nicht ins Bett gehen.

Ich machte das Licht im Zimmer nicht an, ich orientierte mich, als der Lichtschein durch die Tür ins Zimmer fiel. Delia schlief. Ich legte mich vorsichtig ins Bett. Morgen würde sie fahren. Morgen würde auch ich fahren, und dann würde ich viel Zeit haben, schweigend in Biergläsern die Wahrheit zu suchen.

Pavel ist kurz vor Hannover

Bis gestern Abend verfügte unser Zimmer im Goldenen Hirschen noch nicht über Milchglasscheiben. Weil davon auszugehen war, dass sich das im Laufe der Nacht auch nicht geändert hatte, war es wohl Nebel. Ich schaute durch das Fenster in eine helle Masse, wohl keine wabernden Schwaden. Vielleicht hing das ganze Ahrtal voll Nebel, einfach alles hellgrau. Ja, das passte. Delia schlief noch.

Machte es irgendeinen Sinn, sie jetzt zu wecken oder neben ihr liegen zu bleiben, bis sie von selbst aufwachte? Sollte ich jetzt, an diesem grauen Morgen an der Ahr, ein letztes Gespräch mit ihr suchen, wozu? Sie wollte weg, weg von hier, weg von mir, und zwar heute Morgen. Sie würde sich nicht aufhalten lassen, zumindest würde ich sie nicht aufhalten können. Ich wollte wenigstens großmütig denken, na ja, sie hat auch was Besseres als mich verdient, aber auch der Gedanke zog nur kurz als Nebelschwade an mir vorbei, und zack, war er wieder weg.

Ich zog mich an und nahm ein letztes Mal die alte Holztreppe hinunter zum Frühstücksraum. Auch der grauste Tag kann noch Überraschungen bieten. Bettina saß schon, Kante kam gerade mit einer Schale Obstsalat und Naturjoghurt zum Tisch.

»Na, heute auch Obstsalat? Es ist schließlich ein gerader Wochentag.«

»Nee, Rührei. Es ist der letzte Tag hier, da muss ich das noch mal genießen!« Der Satz «Für mich sind alle Wochentage ungerade«, lag mir auf der Zunge. Aber wenn ich schon mit Delia kein letztes Gespräch führen wollte, dann waren Bettina und Kante dafür ganz sicher die falschen Ansprechpartner.

Ich hatte gerade meine Rühreier bestellt, mit Speck, da flog die Tür auf, und Wolfgang stand mit Stiefeln, einer Wachstuchjacke und nebelfeuchten Haaren im Gastraum.

»Sie sind weg!«

»Wer ist weg?«, fragte Mrs. Doubtfire.

»Die Lesehelfer, fünf Mann, heute in aller Herrgottsfrühe in den alten Passat gestiegen und zurück nach Kattowitz!«

»Aber wieso?«

»Die Großmutter von Pavel ist gestorben, und da waren sie nicht mehr zu halten. Sie müssen pünktlich zur Beerdigung zu Hause sein.«

»Ja, gut, das kann man ja verstehen, aber danach kommen die doch bestimmt zurück?«

»Sicher, aber das ist in drei oder vier Tagen. Wir können aber nicht warten. Heute ist ein sonniger Tag …«

Ich lachte kurz auf.

»Was ist? Meinst du den Nebel? Der ist um halb elf weg, und dann wird es sonnig. Für morgen haben sie auch noch keinen Regen angesagt, aber dann kommt das nächste Tief, und vorbei ist es mit dem goldenen Oktober! Wir sind hier nicht am Atlantik, wo es im Herbst nie regnet. Nein, es hilft nichts, die Trauben müssen heute und morgen runter. Der Wingert in Heimersheim hängt voll, ich hatte zehn Leute vorgesehen, und jetzt sind fünf davon auf der A 2 kurz vor Hannover!«

»Ja, dann!« Mrs. Doubtfire hatte die Gesetzmäßigkeiten des Wetters an der Ahr scheinbar nicht nur verstanden, sondern auch akzeptiert. »Dann müssen wir Aushilfen finden!«

»Deshalb bin ich hier. Ihr habt doch noch Urlaub. Ihr habt schon allerhand über Wein gelernt, aber so richtig Experte ist man ja erst, wenn man einmal bei einer Lese dabei war. Quatsch, das ist 'ne saublöde Ausrede! Ich brauche einfach Leute. Könnt ihr bei mir aushelfen?«

»Also, ich könnte schon, aber er …?« Kante deutete auf mich. »… er macht schon auf dem Rotweinwanderweg von Ahrweiler nach Dernau schlapp!«

»Bitte?« Ich versuchte ein Höchstmaß an ehrlicher Entrüstung in meiner Stimme mitschwingen zu lassen: »Was willst du denn damit sagen? Es ist ja wohl ein Unterschied, ob man aus Jux und Dollerei spazieren geht, oder ob man jemandem hilft, der diese Hilfe dringend braucht. Natürlich bin ich dabei, ihr müsst doch unbedingt heute nach Hause!«

»Nein, dann hängen wir auch noch einen Tag dran, ich meine, Delia muss das für sich natürlich selbst entscheiden …«

»Prima!«, sagte Wolfgang. »Habt ihr feste Schuhe und bequeme Kleidung? Ich bin in einer Stunde wieder hier und hole euch ab!« Er schaute mich an. »Es ist auch nicht die steilste Lage.«

Die Tür war kaum hinter ihm zugeschlagen, als Delia noch ein bisschen schläfrig die Treppe herunterkam. Sie streckte sich wohlig, als wenn sie mir zeigen wollte, dass sie sich vorgenommen hatte, gerade diesen Tag besonders zu genießen. Na, mal sehen.

»Delia, ich fahre heute noch nicht nach Hause. Weißt du, Wolfgang war hier, seine Polen sind auf der A 2 vor Hannover, weil Pavels Oma gestorben ist …«

Sie sah mich halb fragend, halb belustigt an und sagte: »Stopp! Wenn du glaubst, du kannst mit irgendwelchen komischen Tricks dafür sorgen, dass ich noch eine Nacht in deinem Bett schlafe, dann bist du schief gewickelt, mein Lieber. Du kannst ruhig hier bleiben, ich fahre mit Bettina und Sebastian direkt nach dem Frühstück zurück nach Köln.«

»Delia, ähm, wir haben Wolfgang auch zugesagt, dass wir ihm helfen. Das ist ein echter Notfall, aber ich könnte dich vielleicht vorher noch zum Bahnhof bringen.« So ritterlich sind Männer, die zum Frühstück Obstsalat essen.

Mrs. Doubtfire konnte die Geschichte glaubwürdiger zusammenfassen, und als Pavel wieder auf der A 2 vor Hannover war, da war nun auch Delia bereit, ihre Erntehelfer-Karriere zu beginnen. »Aber nur wegen Wolfgang! Also gut, dann gehe ich mich jetzt umziehen.«

»Bringst du mir meine Jacke mit runter?«

Bettina und Kante gingen auch noch einmal aufs Zimmer. Ich trug hellbraune Leder-Sneaker, eine Jeans und ein dunkelblaues Baumwollhemd, also würde ich wohl für den Leseeinsatz gerüstet sein.

Mrs. Doubtfire brachte frischen Kaffee, und ich verbrannte mir erst mal die Zunge, ich wehleidiger Sack. Ich würde den vollmundigen Ankündigungen meinen körperlichen Einsatz betreffend entsprechende Taten folgen lassen. Ich wünschte Pavel noch eben eine gute Fahrt, und dann kümmerte ich mich wieder um mein Rührei, mit Speck und mit gutem Gewissen.

Jetzt war nicht nur jeder Wochentag ein ungerader Wochentag, nein, ich hatte eine Ausrede, die selbst der Staatsanwalt von Frau Dr. Herzog im Kreuzverhör nicht hätte zerpflücken können. Vor mir lag ein Tag voller schwerer körperlicher Arbeit. Es galt sich zu stärken!

Wolfgangs Geländewagen parkte direkt vor dem Gasthaus im absoluten Halteverbot, wir stiegen ein, ich vorne rechts. Na ja, heute würde ich nicht bezahlen müssen. Bettina und Kante hinten, und Delia hastete mit meiner Jacke über dem Arm zum Auto. Sie trug eine Jeans, eine hellblaue Bluse, das Haar hatte sie mit einem Gummi zum Pferdeschwanz gebunden. Als sie in den Wagen stieg, fragte ich mich, warum eine Frau Camel-Boots für einen Malediven-Urlaub einpackt. Die Organisation von Delias Urlaubskoffer würde für mich wohl immer ein Geheimnis bleiben.

Der Nebel begann sich zu lichten, und der schwere Wagen nahm immer schmalere Straßen unter seine Räder. Wolfgang sprudelte jetzt jede Menge Fakten herunter.

»Der Heimersheimer Herrenberg ist ca. einen Hektar groß, wir haben es mit einem Schieferboden zu tun und mit fünfundzwanzig Reihen von über dreißig Jahre alten Spätburgunderreben. Wir haben schon sehr stark ausgelesen, damit keine angefaulten Trauben mehr am Stock hängen. Es sind maximal acht Trauben am Weinstock, mein Nachbar hat drei- oder viermal so viele, aber so könnte ich die Qualität nicht halten.«

Er parkte den Wagen an einer kleinen Einbuchtung neben der schmalen Straße, sodass Traktoren oder andere Pkws daran vorbeifahren konnten.

Er stieg aus, ging um den Wagen herum und schaute den Berg hinauf. Ich kletterte vom Beifahrersitz, und meine Augen folgten seiner Blickrichtung. Vor mir lag so etwas Ähnliches wie die Eiger-Nordwand.

»Du hattest gesagt, es wäre keine steile Lage!«

»Ich sagte, es wäre nicht meine steilste Lage! Der Heimersheimer Herrenberg hat eine Steigung von gut achtunddreißig, an der steilsten Stelle knapp fünfundvierzig Prozent. Von Steilstlagen spricht man erst bei über fünfzig Prozent, und die haben wir auch.«

Ich sah Kante an, wenn er gegrinst hätte, hätte ich ihm eine geklebt. Aber selbst der Herr Freizeitsportler hatte scheinbar eine gehörige Portion Respekt vor diesem Weinberg, zumindest schien mir das so. Delia und Bettina wollten die kleine Bruchsteinmauer hochklettern, um sich an die Arbeit zu machen, aber Wolfgang ging zurück zum Auto.

»Moment. Wir fahren jetzt nach oben, da sind die Esel und die Schlotten, dann kriegt ihr eure Scheren, und dann geht es los.«

Ich hatte keine Ahnung, was Schlotten sind, aber immerhin kannte ich die andere Vokabel, auch wenn ich mir nicht vorstellen konnte, wie die störrischen Grautiere uns hier behilflich sein konnten.

»Nein, nein, ›Esel‹, so heißen bei uns die Kiepen, in denen die Trauben nach oben in die Traubenbütte gebracht werden. Also hier heißen die so, aber das ist regional sehr unterschiedlich, vielleicht heißen die im nächsten Tal schon anders.«

»Vielleicht Laubfrosch!« Das wäre nämlich angemessen. Ich hatte mir unter so einem Rückentragegestell ein kunstvoll aus Weidengeflecht gewundenes Behältnis vorgestellt. In Wahrheit handelt es sich eher um grüne Plastikregentonnen mit einer Öffnung, die auf der Seite mit den Rückentragegurten ein bisschen höher war.

Wolfgang reichte Kante und mir jeweils einen Esel. »Ich hatte mir gedacht, ihr beide übernehmt den Transport zur Traubenbütte, und die Mädels schneiden die Trauben.« Bettina und Delia bekamen ihre Traubenscheren und je eine Schlotte, das war eigentlich nichts anderes als ein Plastikeimer, bei dem der Durchmesser oben fast doppelt so groß ist wie unten. »Man hält die Schere in der rechten Hand, wenn man Rechtshänder ist, dann hält man die linke Hand unter die Traube, man schneidet sie ab, und dann flitscht man noch eben mit der Spitze der Schere die faulen Beeren raus, schaut her!« Wolfgang schnitt eine Traube ab, entfernte zwei faule Beeren und legte sie fast zärtlich in die Schlotte. Das Ganze dauerte ungefähr fünfeinhalb Zehntelsekunden, und schon war er an der nächsten Traube.

»Denkt daran, dass ihr die Schlotten immer vor den Weinstock stellt, die Erde ein bisschen vom Schiefer wischt, damit ihr eine ebene Fläche habt, und dann immer vor den Weinstock, dann stehen sie sicher. Wenn so eine volle Schlotte erst mal ins Rutschen gerät, dann erreicht die bei vierzig Prozent Gefälle Geschwindigkeiten wie der Hackl-Schorsch.«

Ein VW-Bus hielt hinter Wolfgangs Geländewagen. Ihm entstiegen sechs Personen, fünf Frauen und Wolfgangs Sohn Peter, den ich schon bei unserem Besuch auf dem Weingut kennen gelernt hatte. Ihnen musste Wolfgang sicher nichts erklären. Man sah ihnen an, dass sie nicht das erste Mal im Weinberg arbeiteten.

»Wir haben schon intensiv ausgelesen. Also wenn wir uns ranhalten, dann können wir das bis heute Abend schaffen. Dann geb ich heute auf dem Rotweinfest in Ahrweiler einen aus.« Er setzte sich in seine M-Klasse und rauschte von dannen.

Peter blieb beim Traktor mit den Traubenbütten, große Kunststoffbehälter mit tausendfünfhundert Litern Inhalt, die Frauen schnappten sich die Schlotten und verteilten sich auf die ersten sieben Reihen, Kante und ich schnappten uns die Esel. Peter hielt mich an der Schulter fest. »So ein Esel fasst sechzig Kilo, lass ihn dir nicht bis obenhin voll schütten. Das ist so wie mit den Büchern in Umzugskartons.«

Sehe ich eigentlich so dämlich aus, dass man mir alles an Beispielen aus dem Büroalltag erklären muss? Na ja, ich werde es ihnen schon zeigen! Bei der nächsten Weinlese wird Wolfgang mich anflehen, wieder sein Team zu verstärken. Dann kann Pavel auf der A 2 überwintern. Ich schlenderte den Weinberg herunter. Ich dachte, ich hätte genug Zeit, weil die Frauen ja erst mal die Schlotten füllen mussten. Doch da hallte mein Name auch schon über den Weinberg. Die ersten Schlotten wurden in meinen Esel entleert. Trauben in rauen Mengen beschwerten meinen Rücken, Wolfgangs routinierte Lesehelferinnen arbeiteten scheinbar im Akkord. Als sich die ersten drei Schlottenladungen bereits in meinem Esel befanden, war von Delia und Bettina noch nichts zu hören. Vielleicht sollte ich doch schon mal nach oben gehen, Peter hatte ja gesagt, ich solle den Esel nicht ganz so voll machen. Ich schaute hinüber zu Kante, er machte sich auch auf den Weg.

Peter hatte oben an der Weinbütte einen Eselheber aufgebaut. Der wird mit einer Eisenstange im Boden arretiert und ermöglicht es, den Esel nicht auf dem Boden abstellen oder vom Boden aufnehmen zu müssen, sondern siebzig Zentimeter höher. Dann stellt man den Esel noch zum Hang hin und gewinnt noch mal eine Handbreit.

»Das wär aber nicht nötig gewesen!«

»Na, warten wir's ab!«

Mit der leeren Kiepe auf dem Rücken wächst man ein bisschen. Nachdem die Bandscheiben unter der Last zusammengestaucht worden waren, dehnten und streckten sie sich nun wohlig. Mit einer gefühlten Körpergröße von einem Meter fünfundneunzig ging ich den Hang wieder hinunter. Unten warteten die Frauen schon mit ihren gefüllten Schlotten. Sie drückten meine Bandscheiben wieder zusammen, und mit einer gefühlten Körpergröße von einsfünfundsiebzig stieg ich den Berg wieder hoch.

So ging es ein ums andere Mal, und ich freute mich darüber, dass die Mädels unten angefangen hatten zu lesen. So wurden meine Wege vom Eselheber zur Eselbefüllung immer kürzer. Das war auch gut so, weil meine Füße sich mittlerweile sehr ungewohnt anfühlten.

Wenn man in einem Leihwagen, an dessen Pedalerie man nicht gewöhnt ist, eine längere Strecke fährt, dann kann es sein, dass man die Fußspitzen immer ein bisschen zu stark nach oben ziehen muss. Dann schmerzen die Muskeln im Spann und die im Unterschenkel vorne und einige, von denen man sich überhaupt nicht vorstellen konnte, dass die wehtun können. Dieses Gefühl hatte ich jetzt bei jedem Anstieg. In so einem Leihwagen hat man allerdings keine sechzig Kilo auf dem Rücken, die die Bandscheiben derart zusammendrücken, dass die dazwischen befindlichen Knorpel die Dicke von Briefmarken aufweisen.

Kante nahm seinen Esel vom Heber und sagte: »Puh, ganz schön anstrengend, oder?«

»Nöö, wieso?«

Unter lautem Knacken schaltete ich meine Füße wieder auf »Abwärts«, nahm den leeren Esel auf und machte mich mit einer gefühlten Körpergröße von zweieinhalb Metern wieder auf den Weg.

»Auf den Malediven weht immer ein leichter Wind, und wenn es trotzdem mal zu warm ist, dann springt man einfach ins glasklare Wasser des Indischen Ozeans und ist wieder herrlich erfrischt!«

»Ja, ich finde auch, so ein bisschen Arbeit tut ganz gut.«

Der Schweiß lief mir über den Rücken, bahnte sich seinen Weg unter dem Gürtel her, kullerte mir in feinen Tropfen durch die Poritze, und Delia sah aus, als würde sie sich genau das im Moment vorstellen.

»Keine Müdigkeit vortäuschen!«

»Wer, ich?«

Zack, wieder eine Schlotte im Esel, noch drei oder vier von den anderen Frauen und wieder den Berg hoch, Esel auf den Eselheber …

So langsam brauchte ich einfach eine kleine Pause. Ich streckte mich und warf einen Blick über den Weinberg. Ich dachte an den Spätburgunder, den wir bei Wolfgang probiert hatten. Das Zeug hatte verdammt gut geschmeckt, und das musste es wohl auch, sonst würde niemand diese Qualen auf sich nehmen, um es herzustellen.

Wolfgangs M-Klasse hielt wieder auf seinem alten Stellplatz. So, Pause, jetzt gibt's erst mal eine Stärkung. Frisches Brot mit Butter, Käse und Wildschweinsalami. Ich hatte noch nie so etwas Tolles gegessen. Aber ich denke, auch ein altes Fleischwurstbrötchen wäre jetzt eine Delikatesse gewesen.

Jemand hatte Mineralwasserflaschen in nasses Zeitungspapier gewickelt, sodass sie schön kühl blieben, obwohl sich die Sonne für einen Oktobertag ganz schön ins Zeug legte.

»Ihr seid ziemlich gut vorangekommen. Wenn ihr so weitermacht, dann sind wir wirklich vor sechs fertig. Dann wird es auch dunkel, und ihr habt noch ein gutes Stündchen Zeit, um Euch umzuziehen. Heute Abend ist Scheunenfest in Ahrweiler. Das ist der perfekte Abschluss für so einen Tag. Man sitzt auf Strohballen, trinkt ein paar Gläser Wein, und die haben da immer eine super Band. Na, hab ich euch den Mund wässrig gemacht? Dann ran an die Arbeit!«

Wir schnappten uns Schlotten und Esel, und weiter ging's. Mir tat jetzt auch noch der Rücken weh und die Schulter, ich spürte dieses Brennen, wo die Riemen entlangliefen, und versuchte, sie immer ein oder zwei Zentimeter woanders zu platzieren, aber wenn der Esel erst voll war, rutschten sie wieder in die alte Position zurück. Ich war mir eigentlich sicher, dass irgendein Weinberggeist an einer großen Kurbel stand, um die Steigung des Berges im Tagesverlauf immer weiter zu erhöhen. Und er tat das nur, um mich zu ärgern.

Der Traktor fuhr volle Traubenbütten weg und brachte leere zurück, in meinen Knien war durch einen dummen Zufall die Gelenkschmiere ausgegangen, sodass die Knochen nur noch ächzend und knackend ihren Dienst verrichteten.

»Du, Stefan, ich kann mich bald nicht mehr bewegen. Ich schneide nur noch die oberen Trauben ab, da unten komme ich nicht mehr dran.« Ich war doch ein wenig beruhigt, dass Delias Kondition nun auch langsam zur Neige ging. Kante stand der Schweiß auch schon längst nicht mehr nur auf der Stirn. Bettina lag rücklings auf dem Boden.

»Hey, komm, jetzt mach mir hier nicht schlapp! Was soll ich denn sagen. Ich habe den ganzen Tag das doppelte Körpergewicht den Weinberg rauf- und runtergetragen!«

»Ich mache nicht schlapp. Ich bin fertig!«

»Wir sind alle fertig, aber wir müssen vor sechs Uhr hier durch sein.«

»Ich bin durch, das war der letzte Weinstock, das war meine letzte Reihe. Ich bin fertig!«

Erst jetzt fiel mir auf, dass die anderen Frauen schon oben am Bus standen, zwei rauchten eine Zigarette. Ich schaute auf die Uhr. Viertel nach fünf. Dann waren wir wirklich schnell. Das ungeheure Gewicht meiner Armbanduhr zog meinen rechten Arm nach unten. Ich schleppte mich ein letztes Mal hinauf, setzte meinen nur noch spärlich gefüllten Esel auf den Heber.

Beim In-mich-Zusammensacken gab ich mir große Mühe, dass man das auch als Sich-Hinsetzen-und-stolz-über-den-abgeernteten-Weinberg-Schauen interpretieren konnte.

Kante setzte sich neben mich. Wahrscheinlich war er auch einfach zusammengesackt, aber er stand meinen Schauspielkünsten in nichts nach. Wolfgang bremste seinen Wagen und stieg aus. »Mannomann, also, dass ihr schnell seid, habe ich ja schon heute Mittag gesehen, aber das hier ist wirklich saubere Arbeit! Dann fahr ich euch jetzt sofort in den Hirschen, damit ihr euch umziehen könnt!«

Kante hatte eine fantastische Idee, eine Idee, die mich sofort überzeugte. »Ich lege mich erst mal eine Stunde aufs Ohr!«

»Nichts da!«, sagte Bettina. »Wenn du dich jetzt hinlegst, dann schläfst du bis morgen früh, und das Scheunenfest findet ohne uns statt. Du springst jetzt unter die Dusche, und dann bist du wieder fit!« Und mit einem verheißungsvollen Lächeln fügte sie hinzu: »Wenn du willst, komme ich mit unter die Dusche!« Kante sah sie ungläubig mit weit aufgerissenen Augen an und sagte: »Och, lass mal.«

Ja, das wollte ich hören! Der frisch verliebte Kante sah in Gedanken die nackte Bettina vor sich, wie sie lasziv ihren Luxuskörper mit duftenden Ölen einrieb. Feinporiger Schaum glitt an den wohlgeformten Rundungen ihres Körpers herab, und ungezügelte Wolllust stand in ihren Augen. Kantes Hirn signalisierte: »Wohlan, es gilt, die nächste Frucht zu pflücken!« Doch sein geschundener Körper sagte: »Wer? Ich? Auf keinen Fall!«

Ein ganz klein bisschen schadenfroh war ich ja schon, denn das war der endgültige Beweis: Kante war mindestens so fertig wie ich!

Wein und Gesundheit

Wein ist gesund, das hat sich mittlerweile herumgesprochen. Ein nützlicher Kalauer ist in diesem Zusammenhang: »Am Wasser sind sicherlich mehr Menschen zugrunde gegangen als am Wein. Man denke nur an die Sintflut!« Außerdem gibt es sicherlich mehr alte Trinker als alte Ärzte. Na ja, vielleicht sehen die Trinker auch einfach älter aus.

Rotwein soll das Herzinfarktrisiko signifikant senken, Weißwein ist gut für die Augen und die Nieren, Wein in geringen Dosen stärkt die Potenz, und Wein in größeren Dosen senkt die Gefahr der vorzeitigen Ejakulation …

Wein hat, egal in welcher Menge genossen, sicherlich gesundheitsfördernde Wirkungen, nur werden diese ab einer gewissen Dosis von den gesundheitsgefährdenden Wirkungen zunächst kompensiert und bald ins Gegenteil verkehrt. Am besten halten wir es mit Sokrates, der sicher wusste, wovon er sprach, als er uns empfahl, »von der Enthaltsamkeit ebenso weit entfernt zu bleiben wie von der Unmäßigkeit«.

Sie werden keine Stehparty erleben, in der nicht irgendein Schlaumeier klarstellt, er trinke am liebsten Rotwein, weil der ja noch gesünder sei als sein weißer Kollege. Nun richten Sie die Augen kurz gen Himmel, und sprechen Sie einen kurzen, stillen Dank aus, denn dieses Thema gibt Ihnen die Möglichkeit, das folgende rhetorische Geplänkel als klarer Sieger zu verlassen.

Als Einleitung könnten Sie einwerfen, dass Rotwein bekanntlich weniger Schwefel zur Konservierung benötigt als Weißwein, aber das ist nur die Vorbereitung, denn jetzt hauen Sie Ihren Gegenübern erst mal eine Anekdote um die Ohren, dass jene dieselben anlegen:

Der amerikanische Fernsehsender CBS berichtete in seinem allwöchentlichen News Report *am 17. November 1991 eine ganze Stunde lang über das so genannte »Französische Paradoxon«. Dieses besagt, dass unsere genussbetonten Nachbarn ja eigentlich einer Ernährungsweise frönen, die nun wirklich nicht als gesund zu bezeichnen ist. Fetter Käse, Gänsestopfleber, viel Butter, Sahnesoßen. Doch, oh Wunder, gerade Frankreich schneidet im internationalen Vergleich der Herzinfarktrate erheblich besser ab als alle vergleichbaren Länder. Woran mag es liegen? Der CBS-Reporter erhob daraufhin ein Glas Rotwein und pries jenes als den Hasen im Pfeffer, um in der Gourmet-Sprache zu bleiben. Die gesundheitsbewussten Amis, die vorher über lange Zeit ihren Rotweinkonsum jährlich um ca. 5 Prozent zurückgeschraubt hatten, schreckten jäh auf. Im Jahr 1992 stieg der Verbrauch erstmalig wieder, und zwar nicht zu knapp, um 39 Prozent.*

Das leidige Cholesterin, oder wie wir Fachleute sagen, das LDL (Low Density Lipoprotein) *ist schon ein widerliches Zeug. Das setzt sich langfristig an den Wänden der Arterien ab und macht dadurch, bildlich gesprochen, aus Autoreifen Gartenschläuche. Das bedeutet für das durch die Arterien fließende Blut, die Fahrbahn wird einspurig. Außerdem bindet LDL Sauerstoff und entzieht es so dem Blutstrom – na, was würden Sie als Herzmuskel dazu sagen? Schluss, würden Sie sagen, aus, Arteriosklerose, Herzinfarkt.*

Nun haben aber Laborversuche deutlich gezeigt, dass Rotwein solche Ablagerungen verhindert und das Blut dünnflüssiger macht. Im Rotwein sind nämlich nicht nur Alkohol, Zucker und ein paar Weintrauben, nein, im Rotwein sind vor allem auch die Phenole, und die wirken im Körper ganz genauso wie auch im Wein. Sie verhindern die Oxidation. Der Sauerstoff bleibt unserem alten Herzmuskel erhalten. Und dazu kommt, dass diese Phenole die Produktion des nützlichen HDL (High Density Lipoprotein) *im Blut ansteigen lassen, das wiederum ist der beste Schutz gegen Blutverfettung.*

Na? Jetzt müssen Sie aber zugeben, da werden Sie prima dastehen bei der nächsten Käseplatte!

Wim Thoelke hat mal gesagt, er habe eine Woche lang pfeifen geübt und sein ganzes Leben lang davon gezehrt. Sie werden zugeben müssen, für diese paar Seiten brauchen Sie keine ganze Woche, und Sie werden sehen: Man braucht keinen Doktortitel, um auf dem gesellschaftlichen Parkett für einen Oberarzt gehalten zu werden!

Delia duschte lange und ausgiebig, und ich machte erst gar nicht den Fehler, vor meinem inneren Auge irgendwelche erotischen Filme ablaufen zu lassen. Stattdessen gestand ich mir zu meinem Leidwesen ein, dass Bettina wohl Recht hatte. Wenn ich mich auch nur für ein paar Minuten aufs Bett gelegt hätte, dann wäre ich wohl in wenigen Sekunden in das Reich der Träume herabgesunken, in dieses wunderbare Reich, wo Weinberge eben sind. Also legte ich statt meinem geschundenen Körper eine saubere Jeans auf das Bett, ein dunkelblaues Polohemd und den einzigen warmen Pullover, den ich für unseren Urlaub eingeplant hatte. In einer Oktobernacht konnte es in so einer Scheune bestimmt ganz schön kühl werden.

Socken ausziehen, das war wirklich ein Problem, nicht nur ein hygienisches, das auch. Nein, es war ein anatomisches Problem. Ich konnte meinen Körper um die Mitte einfach nicht mehr so weit einknicken, um diese Haltung einzunehmen, in der man mühelos Strümpfe von Füßen streifen konnte. Ich setzte mich auf den Stuhl am Fenster, bog den Oberkörper leicht nach hinten und zog gleichzeitig die Wade an den Oberschenkel. Ja, so ging es!

Delia kam nur mit einem Badetuch bekleidet und einem Handtuchturban auf dem Kopf aus dem Bad und sagte: »Du bist dran!« Ich schlurfte durchs Zimmer. Ich war mittlerweile nur noch in der Lage, meine Füße auf abwärts oder aufwärts zu schalten, aber einfach gerade, das fiel mir nicht leicht.

Unter der Dusche fluchte ich eifrig vor mich hin, denn die praktische Erfindung des Einhandmischers hatte in die Wasserversorgung des Hirschen noch nicht Eingang gefunden. Ich musste einige Zeit mit dem Kalt- und dem Heißwasserhahn experimentieren, zuerst fühlte ich mich wie ein finnischer Eiswassertaucher, um direkt danach die Gefühlslage eines Hummers kurz vor der Rötung nachvollziehen zu können. Irgendwie fand ich dann doch die richtige Temperatur, und es wurde eine Offenbarung. Das wohlig warme Wasser tat so gut, ich konnte mich nicht erinnern, ein schnödes Duschbad jemals so genossen zu haben.

Ich fönte mir die Haare, wobei es mir schwer fiel, den Fön in die so praktische Über-Kopf-Position zu bringen. Ich benutzte ein Deo und ein bisschen Eau de Toilette. Es war das Duftwässerchen eines bekannten Sportbekleidungsherstellers. Na ja, zumindest roch ich fit!

Die Scheune war wirklich eine Scheune, ein großes Ein-Raum-Gebäude aus Holz, mit einem riesengroßen Tor, wahrscheinlich damit Traktoren samt Anhänger da durchfahren konnten. Fenster gab es nicht sehr viele, aber es war ja eh dunkel. Der Innenraum war durch Lampen und bunte Lichterketten in ein gemütliches Licht getaucht, dekoriert mit den unvermeidlichen Kürbissen und Weinlaub. Die Tanzfläche war nicht allzu groß, quadratisch und ebenfalls aus Holz. Es waren vier Weinstände aufgebaut, mit dem soeben ergatterten Wein setzte man sich dann auf die Strohballen, die in der ganzen Scheune verstreut lagen. An zwei Ständen wurden deftige Speisen angeboten, Zwiebelkuchen, Schmalzbrote, Mettwürstchen.

Wolfgang führte uns zu einem Stand, wo er Weinprobiergläser kaufte. (Ein Weinprobierglas inklusive Glashalter und drei Bons für acht Euro.) Solchermaßen ausgerüstet gingen wir zum Stand des ersten Winzers und ließen unsere Gläser füllen.

»Das ist wirklich eins der schönsten Feste hier, im besten Sinne des Wortes rustikal, und die Band ist super!« Wolfgang zeigte auf die hell erleuchtete Bühne. Auf der Bass-Drum stand der Name der Gruppe: *Black Diamonds*. Das hatten die Jungs wohl wörtlich genommen, sie trugen glänzende schwarze Hemden mit Strasssteinen, die auch gut in eine Westernshow gepasst hätten. »I beg your pardon, I never promised you a rose garden!«

Ich stieß mit Delia an. »Na, immer noch kaputt?«

»Nee, jetzt will ich feiern! Sollen wir tanzen?«

»Später vielleicht, ich will erst noch …« Aber da hatte sie sich schon bei Wolfgang untergehakt und war Richtung Tanzfläche verschwunden. »Ich will erst noch ausprobieren, ob ich ohne Musik aufrecht laufen kann. – Du hörst mir wenigstens zu!«, sagte ich zu meinem Weinglas. Meine Füße knickten ständig nach vorne weg. Wahrscheinlich war meine Achillessehne durch das ständige Bergauflaufen so gedehnt, dass der Körper immer wieder aus der aufrechten Haltung fiel. Wenn man aber mit überlanger Achillessehne auf einer ebenen Fläche unterwegs ist, dann verlagert sich der Schwerpunkt nach vorne, bis man eine Haltung einnimmt, die Sven Hannawald drei Meter über dem Aufsprunghügel der Schattenbergschanze gute Noten eingebracht hätte. Herr Hannawald setzt dann aber zu einer Telemark-Landung an. Ich falle einfach auf die Schnauze. Das hätte ich ihr erklären können, aber wozu?

Bettina und Kante waren jetzt auch auf der Tanzfläche. Einfach ein bisschen über die Tanzfläche schieben, das muss doch möglich sein. Jetzt reiß dich mal zusammen. Ich schimpfte schon selbst mit mir. Ich ging zum Vesperstand, um auszuprobieren, wie es meinen Füßen ging. Ich ging weiterhin nach vorn gebeugt, und wenn ich mir Mühe gab, gerade zu stehen, dann wollten meine Zehenspitzen nach oben, und außerdem hatte ich verdammt noch mal nie gerne getanzt.

Ich saß mit meinem Schmalzbrot auf einem Strohballen. Die *Black Diamonds* spielten jetzt *Verdamp lang her.* Wolfgang tanzte mit Bettina und Delia mit Kante. »So, eine kleine Pause«, sagte der Sänger, »wir spielen am Anfang immer nur zwei Stücke, damit die Mädels auch alle Jungs ausprobieren können!«

Die vier kamen zurück. Bettina biss ein Stück von meinem Schmalzbrot ab. Kante und Bettina nahmen unsere Gläser, »um die Luft rauszulassen«! Die *Black Diamonds* hatten ihre Instrumente schon wieder umgehängt. »Du hast mich tausendmal belogen, du hast mich tausendmal verletzt ...«

»Hör mal, sie spielen unser Lied!«

»Das war nie unser Lied, das ist weder dein Musikgeschmack noch meiner!«

Das war einfach nur ein ziemlich blöder Witz.

»Meine Güte, du bist heute wirklich von ansteckender Fröhlichkeit! Ich gehe und suche mir irgendjemanden, mit dem man Spaß haben kann!«

»Ich wollte mich mit dir unterhalten, aber das geht schlecht, wenn du alle drei Minuten aufspringst und zur Tanzfläche sprintest!«

»Ich will mich gar nicht unterhalten, ich will feiern!«

»Na dann, geh, du hast ja auch einen Grund zum Feiern.«

»Ja, den habe ich, du kannst ja noch ein bisschen hier rumsitzen, und wenn du fertig bist mit fröhlich-vor-dich-hin-leiden, sag mir einfach Bescheid!«

»Ich gehe mal an die frische Luft.«

Jetzt suchte sie sich also irgendjemanden, völlig egal wen, Hauptsache, es war nicht Stefan Dittrich, zweiter Chefsemantiker und Nichttänzer.

Die Luft war wirklich frisch, ein eisiger Wind wehte mir in das von Gasstrahlern erhitzte Gesicht. Ein VW-Bus hielt vor der Scheune. Peter fuhr gerade mit ein paar Freunden vor. Man sah ihnen an, dass sie sich für heute Nacht allerhand vorgenommen hatten.

»Peter, kannst du mich eben ins Hotel fahren?«

»Ist dir nicht gut, Stefan?«

»Doch, doch, ich bin nur total müde. War wohl doch ein bisschen ungewohnte Arbeit für mich.«

»Ja, das glaube ich dir!«

Ich hatte ein Glas Wein getrunken. Nicht zu viel, und mein Entschluss stand fest. Im Goldenen Hirschen saß niemand im Schankraum. Wahrscheinlich waren alle auf dem Scheunenfest. Ich ging auf mein Zimmer und packte den Koffer. Ich stellte einen inoffiziellen Rekord auf, Koffer gepackt in siebenunddreißig Sekunden. Na ja, ich war Single, ich musste keine Hemden falten. Natürlich musste ich danach wieder mein ganzes Körpergewicht einsetzen, um die Zahlenschlösser dazu zu bewegen, ihren Dienst zu verrichten.

Als ich den Koffer die Treppe heruntergewuchtet hatte, stand Mrs. Doubtfire vor mir.

»Stefan, was ist los?«

»Ich hab einen Anruf bekommen, ich muss zurück nach Hause! Kann ich bitte zahlen?!«

»Ja, natürlich, aber wollen Sie nicht wenigstens bis morgen früh bleiben? Heute ist doch das Scheunenfest, und das gibt es nur einmal im Jahr. Köln liegt auch morgen noch am Rhein.«

»Nein, ich muss sofort los!«

»Na dann, ähm, bis zum nächsten Mal.«

»Ja, ganz bestimmt!«

Ich warf den Koffer in den Kofferraum und setzte mich ins Auto. Das Radio geht automatisch an, wenn man den Zündschlüssel rumdreht, aber ich schaltete es sofort wieder aus. Jetzt nur keine Tanzmusik. Das Lenkrad fühlte sich kalt an, der Sitz fühlte sich kalt an, selbst der Motor hustete.

Ich fuhr die beleuchtete Straße entlang in Richtung Autobahn, auf dem Zubringer erwachte das Motoröl aus seiner Lethargie, und als ich auf die A 61 fuhr, trat ich das Gaspedal durch und wurde sofort von einem Schild empfangen, auf dem man mich freundlich darauf hinwies, dass die Geschwindigkeit auf diesem Streckenabschnitt auf hundert begrenzt ist. Es ging halt einfach alles schief!

Ein Abend für Vinyl-Schallplatten

Der Schlüssel fand etwas widerwillig den Weg in das Schloss meiner Altbauwohnung, Goethestraße 22, erster Stock links. Normalerweise mag ich den Geruch meiner Wohnung, wenn ich aus dem Urlaub zurückkomme. Aber an diesem Abend roch die Wohnung einfach nur leer.

Die Raumtemperatur lag nur unwesentlich über dem Gefrierpunkt. Ich stellte meinen Koffer in die Ecke, auspacken konnte ich ihn schließlich auch morgen oder in drei Wochen, oder ich würde ihn geschlossen weitervererben. Ich ging zu jedem Heizkörper und drehte den Thermostat auf volle Pulle.

Der Anrufbeantworter blinkte mich aggressiv an. Der Vermieter will irgendwas, höre ich mir morgen noch mal in Ruhe an, Uli möchte mal wieder einen trinken gehen, und der Redaktionsleiter von Barbara Herzog braucht unbedingt neue Plots, also neue Fälle, möglichst gestern. Alles andere wäre auch eine Überraschung gewesen.

Ich hatte in der letzten Woche ja schon ein paar Ideen gesammelt. Ein Glas Rotwein, und es würde eine Arbeit von einer Viertelstunde werden. Dann fiel mir ein, dass ich keinen Rotwein zu Hause hatte. Bevor ich den Flieger auf die Malediven verpasst hatte, trank ich ja keinen Wein. Aber eigentlich müsste ich noch drei Flaschen Weizenbier im Kühlschrank haben. Ich könnte mir auch einen heißen Tee machen. Nein, in Tee ist kein Alkohol.

Ich schaltete den Computer ein. Ich holte ein Weißbierglas aus dem Schrank, spülte es mit kaltem Wasser aus, nahm den Flaschenöffner aus der Schublade, öffnete die Bierflasche und füllte deren Inhalt bis auf wenige Tropfen in das Glas. Dann rollte ich die Flasche noch ein paarmal zwischen den Handflächen, damit ich auch die letzten Tropfen mit der wertvollen Hefe aus der Flasche kriegte, und setzte mich an den Schreibtisch. Just in diesem Moment war der Computer hochgefahren. Glückwunsch, Mr. Gates.

Ich hatte Lust auf Musik, auf alte Vinyl-Schallplatten, Pete Wyoming Bender: »Nicht mehr siegen, und das als Mann ...« oder so was. Aber ich bin ein Mann, ich bin nicht multitaskingfähig. Ich kann mit Mühe gleichzeitig eine Treppe runtergehen und Kaugummi kauen. Aber schreiben und Musik hören, das schaff ich nicht.

Ich öffnete meine E-Mails. Vierundvierzig Spams von Leuten, die mir Computersoftware, sonstige Arzneimittel und immer wieder Viagra verkaufen wollten, und natürlich die üblichen Penisverlängerungen. Alles löschen. Es blieben insgesamt drei E-Mails übrig. Die vom Vermieter, die von Ulli und die des Redaktionsleiters von Barbara Herzog. Ist ja schon gut.

Ich tippte meine Plots runter. Ich hatte immerhin schon meinen vierten Fall aufgeschrieben, als das Bier leer war. Vierter Fall? Akkusativ: Wen oder was hole ich aus dem Kühlschrank? Ich hole ein Weizenbier aus dem Kühlschrank.

Eine halbe Stunde später war die Datei gespeichert und als Anhang an eine E-Mail gehängt. In die Betreffzeile schrieb ich: »Königlich Bayerisches Amtsgericht,

z. Hd. Herrn Amtgerichtsrat Stierhammer«, und klickte auf »Senden«. Ein paar Sekunden später würden die Fälle in der Redaktion sein. Ja, das hat schon länger gedauert, als der Prinzregent noch in Bayern regiert hat. Ob sie wohl immer noch tanzten? Vielleicht waren sie auch schon auf einen Absacker im Schankraum des Hirschen, Viertel vor zwölf, nee, dann feierten sie bestimmt noch, von mir aus …

Ich klappte den Plattenspieler auf, blätterte mit dem Zeigefinger durch Plattenhüllen. Ganz links stand die Kategorie: deutsche Lieder bei Liebeskummer. Ich suchte Mario Hené, *Lieber allein als gemeinsam einsam*. Wo war der bloß, verliehen? Und was machte ich hier eigentlich, in Selbstmitleid versinken, dann doch wohl lieber in Weißbier. Mir fiel eine alte Platte von Thommy Bayer in die Hände: *Ich hol dir keine Sterne mehr vom Himmel, die liegen nachher doch nur bei uns rum!*

Vielleicht hatte ich auch doch keine Lust, Musik zu hören. Aber schlafen konnte ich bestimmt auch nicht, abgesehen davon war auch noch eine Flasche Weißbier im Kühlschrank. Genau, ich konnte mich aufs Bett legen, Musik hören und ein bisschen rumdösen. Ich legte meinen Kopf auf das Kissen und dachte …

Wein und Kreativität

Schon William Shakespeare erkannte: »Der Wein steigt in das Gehirn, macht es sinnig, schnell und erfinderisch, voll von feurigen und schönen Bildern.«

Das hilft einem doch schon mal weiter, entweder es stimmt, oder es ist eine vortreffliche Ausrede.

Nun wird aber der berühmte Buchhalter im mittleren Dienst entgegnen: »Was ist das für eine Kreativität, die erst durch die Umnebelung des Hirns hervorgerufen wird?«

Nein, nein, das Hirn wird nicht umnebelt, es wird sozusagen freigeschaltet, frei von anderen Gedanken, Gedanken wie »Braucht Deutschland wirklich ein Finanzamt?« oder »Ein Butterbrot landet immer auf der Butterseite. Eine Katze landet immer auf den Pfoten. Was passiert, wenn man einer Katze Butter auf den Rücken schmiert?«.

Nach einem schönen Gläschen Wein konzentriert man sich einfach nur noch auf das leere Blatt Papier, das vor einem liegt, oder halt auf den weißen Monitor.

Das wird der Buchhalter natürlich nicht einsehen wollen, aber vielleicht wirkt der Wein bei ihm ja auch anders. Wie sprach Jean Paul: »Der Wein wirkt stärkend auf den Geisteszustand, den er vorfindet: Er macht die Dummen dümmer, die Klugen klüger!«

Nein, die These vom kreativen Weinliebhaber lässt sich

ganz einfach empirisch durch jede Menge Beispiele belegen. Die Reihe berühmter kreativer Weinliebhaber reicht von Platon (»Vergebens klopft, wer ohne Wein ist, an der Musenpforte an.«) über Goethe, Ringelnatz, bis zu Alfred Biolek (»Hmm, ist der köstlich!«).

Führen wir doch mal den Komponisten Christoph Willibald Gluck ins Feld, der hat auf die Frage, was denn wohl für ihn das Wichtigste im Leben sei, geantwortet: »Geld, Wein und Ruhm, in genau dieser Reihenfolge! Das Geld brauche ich, um mir guten Wein zu kaufen. Durch diesen Wein wird mein Genius erweckt. Und dem Genius wiederum verdanke ich meinen Ruhm.«

Vielleicht wird man hier entgegenhalten, ja, Musiker, das ist klar, das sind Trunkenbolde, das zieht sich von der Antike bis zu den Rolling Stones. *Also müssen wir jetzt ein paar Dichter und Denker aus dem Hut zaubern, aber welche und in welcher Reihenfolge? Dazu bauen wir uns erst mal eine Eselsbrücke. Wir wählen die Dichterstraßen auf dem Monopoly-Spielbrett. Da waren die Lessing-, die Schiller- und die Goethestraße. Diese betreten wir nun in umgekehrter Reihenfolge, also vom Gefängnis aus in Richtung »Frei Parken«.*

Fangen wir also mit Goethe an. O.k., Goethe blieb ja nun kaum etwas anderes übrig, als ein Freund des Weines zu werden. Goethes Großvater hatte in zweiter Ehe die Besitzerin des angesehenen Gasthauses Der Weidenhof auf der Zeil in Frankfurt geheiratet, und so war aus dem alten Schneidermeister Opa Goethe ein erfolgreicher Wirt und Weinhändler geworden.

Gevatter Goethe ist das beste Beispiel für den Kreativitätsschub, der durch Wein ausgelöst werden kann. Er sagte dazu: »Andere schlafen ihren Rausch aus, meiner steht auf dem Papier. Der gute Wein beflügelte des Dichters Feder.«

Friedrich von Schiller war nicht ganz so ein beseelter Trinker wie Goethe, aber auch nicht unbedingt ein Zecher von schlechten Eltern. Sein Weinvorrat umfasste im Jahre 1804 ganze 196 Flaschen, oder Bouteillen, wie Schiller es auszudrücken beliebte, davon alleine 61 Malagas und 35 Burgunder!

So, jetzt müssen wir noch die letzten gelben Monopoly-Straßen abarbeiten. Goethestraße, Schillerstraße, fehlt noch, wie Dieter Thomas Heck sagen würde, der Gotthold, der Ephraim, der Lessing. Wenn der jetzt noch leben würde, der würde unserem Buchhalter ganz schön die Leviten lesen: »Schweigt, unberauschte, finstre Richter! Ich trinke Wein, und bin ein Dichter.« Na bitte.

Wenn Sie Lust haben, können Sie auch noch das folgende kleine Gedicht von Lessing auswendig lernen:

Ein trunkener Dichter leerte
sein Glas auf jedem Zug;
Ihn warnte sein Gefährte:
»Hör auf, du hast genug!«
Bereit vom Stuhl zu sinken,
sprach der: »Du bist nicht klug.
Zu viel kann man wohl trinken,
doch nie trinkt man genug!«

Ist das nicht ein schöner Grund für ein gutes Glas Wein? Mal wieder die Seele baumeln lassen, die Fantasie spielen zu lassen. Und mit Fantasie und baumelnder Seele schreibt es sich halt leichter. Der ehemalige Bundespräsident Theodor Heuss hatte mal einen von ihm verfassten Artikel seinem Freund zu lesen gegeben. Der verband seine durchaus positive Kritik mit einer Frage: »Ausgezeichnet! Wie lange hast du daran gearbeitet?« Papa Heuss antwortete kurz und präzise: »Anderthalb Flaschen!«

Der erste Tag der Wohlfühlwochen

Ich wurde am nächsten Morgen um kurz vor zehn wach, weil irgendein krimineller Kurzzeitparker wieder irgendeine Einfahrt zugeparkt hatte und weil deren genervter Besitzer diesen Verkehrsrowdy nun dezent durch minutenlanges Hupen darauf hinwies, dass er sein Grundstück zu verlassen suchte.

Das Weißbierglas stand zweidrittel voll neben mir. Ich hatte wohl nicht mehr ganz so lange gedöst, sondern sofort geschlafen. Ich war einfach zu kaputt gewesen, nach der Arbeit im Weinberg. Und dann noch tanzen wollen, so ein Blödsinn!

Ich bin einfach nicht fit genug. Es war der Tag, mein Leben in neue Bahnen zu lenken. Ich würde jetzt sofort eine Diät einlegen und viel Sport treiben. Ich schwang meine Beine aus dem Bett und schrie fast auf vor Schmerz. Die Füße, die Beine, der Hintern, der Rücken, alles tat weh. Das mit dem Sport sollte ich mir noch einmal überlegen.

Zumindest solltest du noch etwas warten. So ein Fitness-Studio, z. B., das nimmt doch immer Jahresbeiträge, und das Jahr ist fast zu Ende. Das wäre doch rausgeschmissenes Geld!

Es war das kleine Teufelchen auf meiner Schulter, das mir diese Worte in die Ohrmuschel flötete. *Für wen willst du eigentlich Sport treiben?* Das Engelchen auf der anderen Schulter sagte: *Na, für dich, alter Freund!*

Hör nicht auf ihn, Sport ist Mord, und Diäten sind was für Politiker!

Nein, du wirst dich hinterher viel wohler fühlen. Und denk auch mal daran, du bist wieder auf dem Markt. Und die Konkurrenz ist groß!

Ich wollte gar nicht auf den Markt, ich wollte vielleicht zum Bäcker. Zum Glück musste ich mich nicht mühsam anziehen, ich war noch vollständig bekleidet, inklusive Schuhe. Beim Bäcker kaufte ich ein Sovital-Brot, weil es so fit klang, und im Supermarkt Lätta, weil die jetzt mit Joghurt verfeinert ist, und Cornedbeef und Hadermarscher, weil die so wenig Fett haben.

Nein, ich machte keine Diät, ich hatte meine Wohlfühlwochen begonnen. Am Abend würde ich in die Sauna gehen, irgendwas für mich machen, für mich ganz alleine. Es war mir schließlich völlig egal, wie lange sie noch getanzt hatten und ob sie jetzt gerade beim Frühstück saßen und ob Delia wohl gut geschlafen hatte. Ich könnte Ulli anrufen, ob er mit in die Sauna käme und ob wir hinterher vielleicht irgendwo ein Wasser trinken sollten. Ulli würde mich für bekloppt erklären.

Ich hörte das Telefon schon im Treppenhaus. Ich hastete trotz meines immensen Muskelkaters die letzten Stufen hoch, ich schloss die Tür auf und hechtete zum Telefon.

»Ja, Frau Herzog, ja, ich bin schon wieder zurück.«

(…)

»Nein, erst gestern Abend, ich habe die Plots heute Nacht gesendet.«

(…)

»Ach, Sie haben sie schon gelesen?«

(…)

»Zu Ihnen, heute Nachmittag? Ja, das ließe sich einrichten.«

(…)

»Ja, Frau Herzog, fünfzehn Uhr passt mir gut. Bis nachher.«

Wenn ich am 13. Oktober nicht um 18:31 Uhr das Büro verlassen hätte, sondern um 17:00 Uhr, weil um 19:35 Uhr der Flieger ging, dann hätte ich jetzt nicht um 15:00 Uhr einen Termin bei Frau Barbara Herzog, sondern läge mit Delia noch eine knappe Woche am Strand.

Ich kochte mir einen Tee, obwohl ich lieber Kaffee getrunken hätte, schmierte mir missmutig eine Scheibe Brot und ließ die Zeitung unangetastet auf dem Küchentisch liegen. Es war einfach nicht meine Schuld. Da war auch höhere Gewalt im Spiel, und ich hatte doch alles unternommen, um noch einmal eine Chance zu bekommen. Und die hatte ich verdient, zweifellos, da war ich mir sicher. Na ja, wenn sie so glücklicher war … Was sollte ich machen? Hauptsache, sie war glücklich.

Hadermarscher auf Sovital-Brot schmeckt zum Frühstück auch nicht schlecht, na ja, die Rühreier von Mrs. Doubtfire waren schon besser.

Jetzt musste ich erst einmal darüber nachdenken, wie mein Besitz an Kleidungsstücken zwischen Koffer und Kleiderschrank aufgeteilt war, das im Koffer befindliche Zeug endlich in Richtung Reinigung oder Waschmaschine verfrachten und mittels eines Blicks in den Kleiderschrank meinen Kleidungs-Ist-Bestand feststellen.

Wieso hatte ich den Eindruck, dass dieses Gespräch mit Frau Dr. Herzog nichts Gutes verhieß. Ich hatte die Kapitelüberschrift doch noch gar nicht gelesen. Nun, eigentlich war ich noch im Urlaub, das hätte sie wissen können, andererseits hatte ich ihr die neuen Fälle gemailt, also musste sie davon ausgehen, dass ich wieder zu Hause war. Aber was wollte sie von mir, wir waren uns vorher ein paarmal begegnet, im Sinne von begegnet. Sie ging durch den Flur, ich kam ihr entgegen: »Tag, Frau Dr. Herzog!« – »Tag, Herr ääh …« So halt. Aber ein richtiges Gespräch hatten wir erst ein Mal, letztes Jahr am 19. Dezember bei der Weihnachtsfeier, das war lustig. Aber an dem Abend war Frau Dr. Herzog sowieso sehr lustig gewesen.

Was zieht man als freier Mitarbeiter, der so was von abhängig beschäftigt ist, an, wenn man eine 48-jährige fernsehbekannte Juristin besucht? Was sie tragen würde, war mir klar: einen schwarzen Talar, eine rote Lesebrille und das lange schwarze Haar zum Pferdeschwanz nach hinten geknotet. Ich wählte die Autorenuniform. Schwarze Jeans, schwarzer Rollkragenpullover, braunes Cordsakko, um ein bisschen Farbe ins Spiel zu bringen. Warum wollte sie mich sprechen?

Herr Dittrich, das ist eine reine Routinefrage. Wo waren Sie in der Zeit vom 13. bis zum 20. Oktober?

An der Ahr!

Kann das jemand bezeugen?

Ja, Delia, sie müsste sich noch an mich erinnern können!

Ich fuhr viel zu früh los, ich hatte mir die Begründung zurechtgelegt, dass ich um diese Tageszeit auf dem Weg nach Hürth bestimmt eine Stunde im Stau stehen würde. Tatsächlich stand ich nur kurz an der Schranke und wartete zwei Nahverkehrszüge ab, und so stand ich fünfundfünfzig Minuten vor dem Termin bei Frau Dr. Herzogs Redaktionsassistentin. Ich musste nicht klopfen, die Tür stand offen.

»Sie sind Herr Dittrich, nicht wahr? Sie sind aber früh dran!«

»Ja, bei mir hat sich überraschend ein anderer Termin hier in Hürth verschoben, und …«

»Ich gehe mal schauen, was sich machen lässt. Setzen Sie sich doch!«

Die schöne junge Assistentin stand mit einem Lächeln von ihrem Arbeitsplatz auf, klopfte an der Tür zum Nebenzimmer und trat ohne eine Antwort abzuwarten ein, schloss die Tür aber direkt hinter sich, um sie sofort wieder von innen zu öffnen.

»Sie können reinkommen!«

Ich hatte mich eigentlich auf eine gewisse Wartezeit zur Vorbereitung eingestellt. Frau Dr. Herzog trug keinen Talar und keine Lesebrille, sondern einen dunklen Rock und einen Strickpullover, allerdings hatte sie das lange schwarze Haar tatsächlich zum Pferdeschwanz nach hinten geknotet.

»Herr Dittrich, kommen Sie doch rein, nehmen Sie Platz, möchten Sie einen Tee?« Aha, vielleicht hatte sie ja auch gerade Wohlfühlwochen.

»Gerne!«

»Lassen Sie mich zunächst mal sagen, dass ich mit Ihrer Arbeit grundsätzlich mehr als zufrieden bin. Ihre Fälle sind spektakulär, ohne reißerisch zu sein. Sie sind innovativ, ohne auf Bodenhaftung zu verzichten. Kurz: Ihre Plots haben maßgeblichen Anteil am Erfolg unserer Serie.«

Das war jetzt allerdings eine Gesprächseinleitung, die mir den Angstschweiß auf die Stirn trieb. Das wird nicht gut weitergehen. Ich sagte: »Das freut mich!«

»Das freut mich eigentlich auch.«

Na bitte!

»Und das wollte ich vorausschicken, bevor ich zu meinem eigentlichen Anliegen komme. Nun, in der letzten Zeit treffen die eben genannten Attribute auf Ihre Arbeit nur noch selten zu. Sie schweifen ab, Ihren letzten Arbeiten fehlt es an Relevanz, vor allem aber fehlt die Glaubwürdigkeit, die Bodenhaftung, die ist Ihnen vollkommen abhanden gekommen.«

»Ääh, ja? Meinen Sie wirklich?«

»Ja, das meine ich. Sehen Sie sich nur diesen letzten Fall an:

Die Angeklagten, die Drogeriefachverkäuferin Heike S. und der ADTV-Tanzlehrer Tobias K., werden beschuldigt, dem Psychologiestudenten Bernd F. vor der Mensa der Uni Bonn aufgelauert zu haben und ihn unter dem Vorwand, er sei der einmillionste Mensa-Besucher, und er müsse zur Überreichung eines wertvollen Preises in ein Fotostudio mitkommen, in einen dunklen Raum verschleppt zu haben. Dieser Raum war allerdings kein Fotostudio, sondern der Tanzsaal der ADTV-Tanzschule des Tobias K. In diesem Raum wurde Bernd F. überwältigt und auf einen Stuhl gefesselt. Die Angeklagten begannen nun das komplette Standard- und Lateintanzprogramm vor den Augen des Opfers mehrere Male herunterzutanzen. Gegen 16.00 Uhr legten die Angeklagten *Die Größten Hits von Andrea Berg* in den CD-Player, schalteten selbigen auf Endloswiederholung und verließen das Studio. Kurz vor 20:00 Uhr kamen sie zurück, und das gefesselte Opfer wurde ein weiteres Mal mit der Tanzdarbietung gequält. Bernd F. gelang die Flucht gegen 21:30 Uhr, als Tobias K. und Heike S. beim Tango allzu sehr mit sich selbst beschäftigt waren. Die Angeklagten werden der Freiheitsberaubung in Tateinheit mit seelischer Grausamkeit in besonders schwerem Fall beschuldigt.

Licht in das Dunkel des Tanzsaals bringt die Exfreundin des Opfers, Delia L., die zugibt, an der Planung der Tat beteiligt gewesen zu sein. Aber alles das sei ja nur passiert, um F. davon zu überzeugen, dass Gesellschaftstanz eine wunderbare Freizeitbeschäftigung sei. F. ist gerührt, bedankt sich bei K. und S. und zieht seine Anklage zurück.

Er küsst seine Exfreundin lange und innig, und Frau Dr. Barbara Herzog traut die beiden noch im Gerichtssaal. Die Kosten des Verfahrens sowie auch die Ausgaben für das weiße Kleid und die Blumen fallen der Gerichtskasse zur Last.

»Und, Herr Dittrich, was sagen Sie dazu?«

»Ja, was soll ich dazu sagen. Ich dachte, diese Folge hätte einen besonderen Event-Charakter, vielleicht könnte man …«

»Wissen Sie, was ich dazu sage? Der Autor hat einen besonderen Liebeskummer! Mensch Dittrich, was ist mit Ihnen los? So geht das doch nicht weiter! Ich habe einen Vorschlag: Ich unterliege der richterlichen Schweigepflicht. Sparen Sie sich den Psychiater, den Sie im Moment wahrscheinlich dringend nötig haben, und erzählen Sie mir die Geschichte von Anfang an!«

Ich saß vor dieser ungeheuer Respekt einflößenden Richterin, und ich sollte jetzt einfach anfangen zu erzählen. Das ging doch nicht. Diese Frau war mein Arbeitgeber, zumindest einer meiner Arbeitgeber. Ich würde mit keinem einzigen Wort meine private Misere vor ihr ausbreiten.

Während sich dieser Entschluss in meinem Hirn manifestierte, drangen plötzlich folgende Worte in meinen Gehörgang:

»Ich hätte am 13. Oktober um 17:00 Uhr das Büro verlassen sollen, weil mein Flieger um 19:35 ging, der Flieger auf die Malediven, und Delia hatte mir ja auch eindeutig gesagt, …«

Was war ich doch für ein Waschlappen! Da hatte ich mir vorgenommen, dass kein Sterbenswörtchen über meine Lippen kommt, vor allem nicht in Anwesenheit von Frau Dr. Barbara Herzog, und dann brach ich völlig zusammen. Die Worte sprudelten aus mir heraus wie die Limonade aus der Fanta-Flasche, die man bei dreißig Grad Hitze im Rucksack auf das Matterhorn geschleppt hat. Ich saß also da und erzählte ihr die Geschichte, die ganze lange Geschichte.

»... Dann setzte ich mich in den alten Golf und drückte das Gaspedal nach unten, das war's!«

Diesen Blick kannte ich von ihr, den Kopf leicht nach vorne geneigt, die Augen nach oben gerichtet, sodass sie ihren Gesprächspartner über die Lesebrille hinweg eindringlich ansehen konnte. Sie nahm eine Hand hoch, als wollte sie sich eine Haarsträhne hinter das Ohr streichen, aber da war keine Haarsträhne, die waren noch alle fein säuberlich in dem Pferdeschwanz zusammengezurrt. Ja, das war genau die Haltung, die sie immer einnimmt, wenn ein Angeklagter oder ein Zeuge eine Aussage hingelegt hatte, über die sie erst mal ein paar Sekunden nachdenken musste.

Sie stand auf, ging um den Schreibtisch herum zum Fenster, schaute kurz raus auf das atemberaubende Panorama des Containerbahnhofs Eifeltor, drehte sich dann zu mir um und sagte: »Aha, und Sie glauben jetzt, weil Sie es hingekriegt haben, dass Sie beide noch ein paar Tage Urlaub nebeneinander machen, deshalb haben Sie das Recht erworben, jetzt wieder wie verrückt geliebt zu werden?«

»Nein! Ich wollte doch nur eine Chance, ich habe doch zugegeben, dass ich im Unrecht war, ich habe mich in jeder Beziehung zurückgehalten, ich habe dieses imaginäre Fensterbrett mit den Kakteen respektiert, das ...«

»Hat sie dieses ›imaginäre Fensterbrett‹ denn auch gesehen? Hat sie Ihnen jemals etwas davon erzählt?«

»Nein, aber …«

»Herr Dittrich, wenn ich Ihre Freundin richtig einschätze, dann will sie gar nicht unbedingt, dass Sie weniger arbeiten. Sie will, dass Sie Spaß an ihrer Arbeit haben und dass Sie das auch zeigen. Stattdessen entschuldigen Sie sich jeden Abend für alles. Natürlich haben Sie Mist gebaut, und natürlich findet es jede Frau toll, wenn der Mann mal ein, zwei Tage zu Kreuze kriecht, aber doch nicht Wochen!«

Sie kam jetzt zurück an ihren Schreibtisch und setzte sich vor mir auf die Tischkante. »Wenn Sie wirklich noch eine Chance wollen, und vor allem, wenn Sie noch eine Chance sehen für Ihre Beziehung, für Ihre Liebe, dann wüsste ich nicht, wie Delia das hätte bemerken sollen.«

»Ja, und?«

»Ja, und! Um es mal höchst unrichterlich auszudrücken: Schwingen Sie Ihren verdammten Arsch in Ihr Auto und fahren Sie nach Ahrweiler! Dann sagen Sie ihr wirklich klipp und klar, dass Sie sie lieben und dass Sie sie wollen. Und wenn sie sich dann wirklich einfach umdreht und geht, dann haben Sie immer noch die Möglichkeit, so lange Rührei zu essen, bis Sie wieder klar denken können. Wissen Sie was? Es reicht nicht, eine Chance zu haben, man muss sie auch nutzen!«

Ich stand auf, ging zur Tür, drehte mich noch einmal zu ihr um, und da saß sie, Frau Dr. Barbara Herzog, Respekt einflößende Richterin, vor der ich mit keinem einzigen Wort meine private Misere ausbreiten würde.

»Danke, Frau Dr. Herzog!«

»Da gibt es nichts zu danken. Das war nicht uneigennützig. Ich wollte nur dafür sorgen, dass mein Autor in seinem Schädel wieder Platz hat für vernünftige Fälle, spektakulär, ohne reißerisch zu sein, innovativ, ohne auf Bodenhaftung zu verzichten. Auf Wiedersehen, Herr Dittrich! Und jetzt beeilen Sie sich!«

Motorradfahrer fahren auch im Stau

Als ich das Redaktionsgebäude verließ, spürte ich in meinem Schädel einen kleinen Motorradfahrer, der mir mit Vollgas durchs Hirn pflügte. Ich versuchte meine Gedanken zu ordnen, aber es waren zu viele, und sie waren alle gegenläufig. *Es genügt nicht, eine Chance zu haben, man muss sie auch nutzen* gegen *Sie will mich doch sowieso nicht!* Dann war da noch *Ich fahre jetzt nach Hause, mache mir einen schönen heißen Tee, höre Musik und fühle mich einfach wohl* gegen *Jetzt ein Spätburgunder, und die Welt sieht schon wieder ganz anders aus. Andere Mütter haben auch schöne Töchter* gegen *Das Dumme ist, alle anderen Töchter sind mir nun mal scheißegal!*

Und was war mit meinem Koffer? *Ja, der wird natürlich gepackt, so viel Optimismus muss schon dransitzen* gegen *Lohnt sich doch eh nicht für die zwei Stunden!*

Es ist nun mal die Fähigkeit zum intelligenten Handeln, die den Menschen vom Tier unterscheidet. Der Mensch ist in der Lage, Kompromisse zu schließen. Ich packte nicht den Koffer, ich packte die Sporttasche, warf erst sie auf den Rücksitz und dann mich hinters Steuer.

Was hatte die Herzog gesagt? Delia will, dass ich Spaß an der Arbeit habe und das auch zeige? In meiner Schädel-Innenwand fuhr die Kawasaki immer noch ihre Kreise.

Hatte Delia so etwas nicht auch schon mal gesagt? Ich

wusste es nicht, oder es fiel mir nicht mehr ein, oder es war doch auch völliger Blödsinn!

Aus dem quäkigen Lautsprecher des alten Golfs hörte ich eine Stimme, eine wohlklingende Frauenstimme: »Und hier die Meldungen zur Verkehrslage: Auf der A 61 zwischen dem Autobahnkreuz Meckenheim und der Abfahrt Sinzig vierzehn Kilometer Stau wegen eines umgestürzten LKWs …« Der LKW war, wie ein paar Minuten später der Reporter vor Ort erklärte, ins Schlingern geraten, gegen die Mittelleitplanke geprallt, umgestürzt und hatte seine Ladung verloren. Auf der Fahrbahn der A 61, kurz vor der Abfahrt Sinzig, lagen an diesem Nachmittag siebeneinhalb Tonnen Katzenstreu, das größte Katzenklo der Nachkriegszeit. »Die Bergung wird voraussichtlich gegen 18:00 Uhr abgeschlossen sein.«

Na wunderbar, dann konnte ich die Autobahn vergessen. Ich fuhr am Kreuz Meckenheim geradeaus über Kalenborn nach Altenahr, und dann die B 267 durch das Ahrtal über Mayschoss und Dernau nach Ahrweiler. Wahrscheinlich hatte sich der liebe Gott gesagt: »Das macht keinen Sinn, wenn der Dittrich jetzt wie ein Bekloppter durch die Gegend rast. Ääh, Petrus? Bitte ein Stau auf die A 61!«

Durch die Gegend raste ich nun wirklich nicht. Der ganz normale Ausflugsverkehr an der Ahr, inklusive ein paar Bussen, die ihren Kegelclub-Inhalt über die Weinstuben von Mayschoß ergießen wollten, das Ganze gepaart mit all den stautechnisch versierten Versicherungsvertretern und sonstigen Außendienstmitarbeitern, die den Stau wie ich umfuhren, das führte auf der B 267 zu …, na ja, nennen wir es forciertem Schritttempo!

Der Fluss ahnte von alldem nichts, oder es war ihm egal. Er schlängelte sich, wie immer, zufrieden vor sich hin brabbelnd durch das Tal. Die Weinberge waren innerhalb einer Woche gelb geworden. Die grünen Rechtecke waren schon fast verschwunden, sogar einige Tupfer mit rotem Weinlaub waren zu sehen. Die Farben wechselten um diese Jahreszeit wahrscheinlich täglich.

Ich sollte also Delia sagen, dass ich sie liebe und dass ich sie will. Na, wunderbar. Was hatte ich denn die ganzen letzten Tage versucht? Ich war doch nicht abgefahren, weil mir der Zeitpunkt besonders richtig erschien, weil zu Hause der Briefkasten geleert werden musste oder weil es bei Praktiker zwanzig Prozent auf alles gab, außer Tiernahrung. Ich war gefahren, weil es aus war, weil es völlig egal war, was ich noch sagen würde. Doch umkehren? Na ja, das nun auch nicht.

Es dämmerte schon, es war kurz vor sechs am Spätnachmittag, als ich vor dem Goldenen Hirschen parkte. Mir fiel ein, dass jetzt gleich die Bergung des LKWs abgeschlossen sein müsste, unzählige helfende Hände hatten eine Menge Katzenhaushalte vor dem hygienischen Super-GAU bewahrt.

Was für ein absurder Gedanke in meiner Situation. Wahrscheinlich fiel mir der nur ein, weil ich nicht darüber nachdenken wollte, was ich Delia sagen wollte, wie ich ihr das dann sagen sollte und vor allem, ob ich ihr das auch wirklich sagen wollte. Vielleicht denkt ein Mensch aber auch ohnehin gern über Verkehrsthemen nach, wenn ein Motorradfahrer an der Schädel-Innenseite sein Unwesen treibt.

Ich stieg aus dem Auto, aber ich ließ die Sporttasche

auf dem Rücksitz liegen. Bevor ich die Straße überquerte, schaute ich nach links, dann nach rechts und dann wieder zurück zum Wagen. Gestern Abend hätte ich einige Wetten abgeschlossen, dass ich den Goldenen Hirschen vorerst nicht mehr betreten würde. Wie gut, dass niemand da gewesen war, mit dem ich hätte wetten können.

Im Schankraum saßen nur drei Männer um einen Tisch. Leopold stand hinter dem Tresen und wischte gelangweilt saubere Gläser mit einem sauberen Tuch noch sauberer.

»Stefan, ich dachte, Sie wären abgereist!«

»Ja, war ich auch, aber ich muss Delia noch was Wichtiges sagen, ich …«

»Ja, das glaube ich auch.«

»Was glauben Sie?«

»Na ja, sie war so, wie soll ich sagen, sie war so niedergeschlagen heute Morgen. Ich glaube, sie war traurig, weil Sie abgereist sind.«

»Und wo ist Delia jetzt?«

Die Frage konnte ich mir auch selbst beantworten. Sie ist auch abgereist, sie wollte vom ersten Tag an weg. Wieso kam ich eigentlich auf die Idee, dass sie jetzt hier im Schankraum saß, mit einem Schild vor sich auf dem Tisch: Sprechstunde für Stefan Dittrich von 18:00 bis 19:00 Uhr.

»Die sind ins Winzerhäuschen gefahren, aber die werden bestimmt bald wiederkommen, es wird ja schon dunkel. Setzen Sie sich doch.«

Wie gut, dass man nicht bei jedem Gespräch dabei ist!

Also, jetzt muss ich mich ehrlich bei Ihnen entschuldigen, dass ich mich wieder einmische, aber ich fürchte, es muss sein. Stefan könnte Ihnen gar nicht erzählen, wie die Geschichte weitergeht, denn im Winzerhäuschen war er nun mal nicht dabei, und an das Gespräch mit Leopold im Goldenen Hirschen kann er sich wirklich nur noch unzureichend erinnern …

Also, wir befinden uns auf einem Hügel mitten im Wald, oberhalb von Ehlingen, etwas abseits vom Rotweinwanderweg. Da liegt ein kleines Refugium mit rustikalen Bänken und Tischen, einer Damen- und einer Herrentoilette und mit einem kleinen Holzhäuschen, in welchem Flaschen geöffnet, Gläser gefüllt und Brote mit Griebenschmalz bestrichen oder mit Schinken und Käse belegt werden. Nimmt man an einem dieser Tische Platz, hat man einen atemberaubenden Blick über das Ahrtal, dieser wird nur getrübt von der riesigen Betonbrücke, auf der an jenem Spätnachmittag jede Menge Autos standen, die nicht weiterfahren konnten, weil drei Kilometer weiter ein LKW umgekippt war.

An einem der Tische saßen vier Menschen, drei Frauen und ein Mann, ein weiterer Mann ging wieder und wieder um den Tisch herum wie ein gestresster Dozent, der seinen überraschten Studenten erklären will, dass $a^2 + b^2$ tatsächlich c^2 ergibt.

Wolfgang sagte: »Das war ja auch von Anfang an eine Schnapsidee! Wieso redet ihr nicht einfach, warum muss es unbedingt so eine Tür-auf-Tür-zu-Komödie sein?«

»Was hätten wir denn reden sollen? Ich habe ihm doch gesagt, dass wir mal Urlaub brauchen. Und ich war mir sicher, er verpasst den Flieger, ich habe es einfach gewusst. Aber ich kam mir doch schon vor wie eine Kräuterhexe, die in die Zukunft sehen kann: ›Du wirst sowieso zu spät kommen, das klappt sicher nicht mit unserem Urlaub.‹ Welcher Mann will das ständig hören?«

»Keiner!« Mrs. Doubtfire stimmte ihr zu. »Aber als er jetzt hier war, und als er sich nun wirklich alle Mühe gegeben hatte, damit du nicht abreist, da hättest du ihm auch wirklich ein Stückchen entgegenkommen müssen.«

»Tante Waltraud, er läuft da rum, er tut sich selber Leid ... Ich wusste am Ende wirklich nicht, ob ich es überhaupt noch wollte.«

Da saß er also, der konspirative Zirkel. Waltraud Schnittenwilm, geschiedene Heller, Inhaberin des Gasthauses Goldener Hirsch, ihr Sohn aus erster Ehe, Wolfgang Heller, überaus erfolgreicher Winzer und Cousin von Delia, die sich ohne Übertreibung als Lieblingsnichte von Waltraud Schnittenwilm bezeichnen konnte. Die Runde wurde komplettiert durch Bettina Ritter, beste Freundin von Delia, und Sebastian Krasnicz, genannt Kante, der erst spät durch überraschenden Beischlaf mit Bettina in den Zirkel gelangte.

Kante setzte sein Glas ab: »Er liebt dich, du liebst ihn, aber die beiden Königskinder wollen ja beide, dass ihnen der andere was beweist. Du hast vielleicht gewusst, dass er den Flieger verpasst, aber Stefan hat das nicht gewusst, der war einfach sauer auf sich selbst, und dann bist du auch noch sauer auf ihn, und in der Situation willst du jetzt, dass er einen Tenor engagiert, der unter deinem Fenster Geige spielt, dass er dir währenddessen das Frühstück ans Bett bringt und dich danach in dem mit Brötchenkrümeln verzierten Bett dreimal zum Höhepunkt bringt!«

»Sebastian!«

»Kante!«

»Sebastian, das ist eigentlich eine prima Idee, was hast du morgen früh vor?«

»Jetzt bleibt doch mal beim Thema.« Wolfgang war aufgebracht. »Weißt du, ich habe gerade in dieser Jahreszeit verdammt was Besseres zu tun, als für das kleine Cousinchen *Pretty Woman* zu inszenieren!«

»Du bist unfair, Wolfgang!«

»Ich bin ehrlich, Delia!«

Am Tisch beim Tresen im Gasthaus Goldener Hirsch saß ein Mann, ein zweiter kam mit einer Flasche und zwei Gläsern hinzu. Er goss Weißwein in die Gläser und nahm Platz. Eigentlich sollte nur einer der beiden Männer am Tisch sitzen, der andere gehörte hinter den Tresen, aber nur am Tisch konnte man sich diesen Glanz auf den Hosenboden sitzen, weshalb davon auszugehen war, dass auch er des Öfteren diesen Stuhl anwärmte.

Leopold erklärte: »Ihnen fehlt einfach ein bisschen der Schneid, Stefan. Sie wartet darauf, zurückerobert zu werden. Aber um etwas zu erobern, da braucht es Waghalsigkeit, man muss verwegen sein, mannhaft ...« Er merkte wohl selbst, dass er jetzt doch die falsche Vokabel gebraucht hatte, und ruderte zurück. »Verstehen Sie mich nicht falsch, Stefan. Ich kenne die Situation. Ich stand auch einmal vor einer Haustür und traute mich nicht hinein ...«

»... denn drinnen saß eine schöne junge Frau, die es zu erobern galt.«

»Nein, drinnen saß eine zukünftige Schwiegermutter, die es zu überzeugen galt, dass genau ich der richtige Mann fürs Töchterlein war.«

»Und da haben Sie stundenlang vor der Tür gestanden und sich nicht getraut zu klopfen!«

»Nein, ich stand dort nur einige Sekunden, und dann fasste ich mir ein Herz. Aber ich war auch gut vorbereitet!«

»Sie hatten mit einer alten Freundin geübt.«

»Nein, mit einem jungen Riesling! Der Burgunder, der gibt dir die Ruhe, die Schwere, die Melancholie, aber der Riesling, der macht dich forsch, der treibt dich zu Entscheidungen! Nehmen Sie noch ein Glas, und Sie werden spüren, was ich meine. Vorbereitung! Das ist die halbe Miete.«

Im Winzerhäuschen trank man Spätburgunder, einige leere Holzbrettchen waren stumme Zeugen, dass auch eine kleine Vespermahlzeit stattgefunden hatte. Den Krümeln nach zu schließen, hatte es sich um Schmalzbrote gehandelt.

»Also, ich verstehe eins nicht, du hast mit ihm im gleichen Zimmer übernachtet, ihr habt euch Bett und

Bad geteilt. Hat er dich da einfach die ganze Nacht in Ruhe gelassen, und wenn ja, warum hast du ihn die ganze Nacht in Ruhe gelassen? Bei Sebastian kann ich mir nicht mal nackt die Zähne putzen, ohne dass ...«

»Bettina, ihr seid jetzt drei Wochen zusammen. Wir waren drei Jahre ein Paar!«

»Aber trotzdem, Hotelzimmer, andere Atmosphäre, viel frische Luft. Da schnippt man doch einmal mit dem Finger, und zack ...«

Kante lächelte ein wenig versonnen und dabei doch voller Besitzerstolz.

»Ich wollte einfach nicht mit dem Finger schnippen, er sollte ...«

»Aber das hat er doch!« Wolfgang wurde es zu bunt. »Er hat mit dem Finger geschnippt, aber du wolltest unbedingt, dass er mit einer großen Fahne winkt, möglichst noch auf den Knien!«

»Nein, eben gar nicht auf den Knien. Ach was, ihr versteht mich einfach überhaupt nicht!«

Leopold hatte die zweite Flasche Riesling schon vor einiger Zeit gebracht. »So, und jetzt gehen wir das Ganze noch einmal durch: Was passiert, wenn hier die Tür aufgeht?«

»Dann trinke ich noch ein Glas Riesling, denn davon werde ich forsch und mannhaft!«

»Blödsinn, den Riesling haben Sie schon getrunken, die Vorbereitungsphase ist vorbei, jetzt werden Sie sie erobern, im Sturm! Und wie machen Sie das?«

»Ich sage: ›Schatz, entschuldige, dass ich so einfach abgefahren bin, eigentlich wollte ich dir noch was sagen.‹«

»Nein, nein, nein! Sie entschuldigen sich heute mal ausnahmsweise für gar nichts mehr, Sie treten vor sie hin, Sie schauen ihr in die Augen, forsch, und dann sagen Sie: ›Delia, ich liebe dich, und ich will dich, jetzt!‹«

»Delia, du, ich, also, ich … das weiße Rössl!«

»Welches weiße Rössl?«

»Na, das am Wolfgangsee!«

»Wie kommen Sie denn jetzt darauf?«

»*Im weißen Rössl am Wolfgangsee*, da gab es auch einen Kellner namens Leopold. Ääh, haben Sie noch ein Glas Riesling?«

Mittlerweile war es stockdunkel. Die Tische und Bänke am Winzerhäuschen waren von Lampionketten beleuchtet. Durch die Fenster des Holzhäuschens drang warmes Licht nach draußen, aber es war empfindlich kühl geworden. Die Tage können im Oktober noch so warm und sonnig sein, darauf folgen keine lauen Sommernächte. Mrs. Doubtfire, also Waltraud Schnittenwilm, knöpfte ihre Strickjacke zu. »Also, es tut mir Leid, aber wir müssen aufbrechen, wir sind die letzten Gäste, und mir wird auch langsam kalt!«

»Tja, und ändern können wir jetzt sowieso nichts mehr. Dafür der ganze Aufwand!« Wolfgang war tatsächlich ein bisschen frustriert. »Aber eines möchte ich doch noch wissen. Wieso konntest du wissen, dass Stefan die Abfahrt zur A 555 verpassen und schnurstracks weiter in Richtung Meckenheim fahren würde?«

»Das wusste ich natürlich nicht, ich habe keine Ahnung, warum er einfach weiterfuhr. Ich hatte fest damit gerechnet, dass ich am Autobahnkreuz Bonn-Nord sagen müsste: ›Fahr bitte weiter!‹ Dann wäre ich wieder verstummt, um dann mitten auf der Autobahn zu sagen: ›Lass mich hier raus!‹ Das würde er nicht tun, da war ich mir sicher, also würde er die nächste Abfahrt nehmen. Die Strecke hatte ich aber mit Bettina schon abgefahren, von der Abfahrt Bad Neuenahr-Ahrweiler bis zum Goldenen Hirschen. Dabei haben wir dann festgestellt, dass es auf dem ganzen Weg nur ein öffentliches Telefon gibt, und das ist ein Kartentelefon. Also war die nächste Möglichkeit, zu telefonieren, der Goldene Hirsch! Und Tante Waltraud hat dafür gesorgt, dass am ersten Abend genau ein Doppelzimmer frei sein würde und am zweiten Abend ein zweites!«

»Und dass er zwei Gläser Wein zu viel trinken würde und das Auto stehen lassen müsste, das wusstest du auch!«

»Ich hab ihm schließlich genügend Möglichkeiten gegeben, ich bin ja immer wieder zum Telefon gegangen. So kreativ musste er ja wohl sein!«

Mrs. Doubtfire hakte auch noch einmal nach: »Und wenn er doch tatsächlich pünktlich am Flieger erschienen wäre? Was hättest du dann gemacht?«

»Dann wären wir für zwei Wochen ohne Handys auf die Malediven geflogen und hätten einen Traumurlaub genossen, aber die Wahrscheinlichkeit war wirklich sehr gering.«

Wolfgang bezahlte die Rechnung, bedankte sich bei der Wirtin, stand auf und drehte sich noch einmal um: »Delia, du bist wirklich eine Kräuterhexe! Aber es hilft ja nichts, ich mag dich trotzdem. Na ja, haben wir halt eine Komödie ohne Happy End inszeniert. Auf geht's! Wir haben noch ein paar Meter bis zum Parkplatz.«

Die anderen Gäste hatten den Schankraum des Goldenen Hirschen schon längst verlassen. Nur ein traurig dreinblickender, ziemlich betrunkener Gast saß noch am Tisch beim Tresen. Ein nicht wesentlich nüchternerer Kellner redete auf ihn ein.

»Nein, Sie können jetzt nicht ins Bett gehen. Das ist heute vielleicht der wichtigste Abend in Ihrem Leben. Sie …«

Leopolds Ansprache wurde unterbrochen, weil in diesem Moment die Haustür geöffnet wurde und fünf Personen den Schankraum betraten.

Der ziemlich betrunkene Gast erhob sich, und man muss ihm zugestehen, für seinen Zustand tat er dieses fast behände. Er steuerte auf die ausgesprochen gut aussehende brünette Frau zu. Dann blieb er abrupt vor ihr stehen und sagte fast ohne zu stottern, auf jeden Fall ohne sich zu entschuldigen, und fast so, als sei er nüchtern: »Delia, ich liebe dich, ich will dich, jetzt!« Delia strahlte ihn an, und sie antwortete: »Stefan, ich liebe dich auch!«

Im Nachhinein waren sich die Zeugen dieses Abends nicht mehr sicher, ob Stefan diesen Satz noch gehört hatte. Mrs. Doubtfire und Kante waren dafür, Bettina und Wolfgang dagegen, das Ganze bei einer Enthaltung. Aber spätestens nachdem Delia diesen Satz ausgesprochen hatte, fiel Stefan einfach um.

Kante war felsenfest davon überzeugt, dass Delias Worte noch in Stefans Bewusstsein gedrungen waren, denn selbst, als er schon am Boden lag, war noch ein Lächeln auf Stefans Lippen zu sehen gewesen.

Der Morgen danach

Die Sonne schien hell und freundlich durch die Lamellen der Jalousie. Sie machte feinste Staubpartikelchen in der Luft sichtbar und malte ein Strichmuster auf Delias nackten Rücken. Die Bettdecke hatte sie wie an jedem Morgen zur Hälfte heruntergewuselt.

Ich lag wach und testete die Funktionalität meiner Sinne. Meine Augen hatten sich an die Lichtkontraste gewöhnt, meine Nase nahm Delias Schlafgeruch wahr, es war alles wunderbar normal.

Meine Güte, das war eine Menge Weißwein gewesen gestern. Was war genau passiert? Delia war doch noch wiedergekommen, so viel stand fest, sonst hätte sie ja jetzt nicht neben mir gelegen. Richtig! Sie kamen in den Gastraum, Wolfgang zuerst, und dann Bettina, Delia, Kante und Mrs. Doubtfire. Genau, und ich stand auf, ich ging zu Delia und …

Verflucht noch mal, warum konnte ich mich einfach nicht mehr daran erinnern, was danach geschehen war. Meine Schulter tat höllisch weh, wahrscheinlich hatte ich falsch gelegen, oder das war immer noch der Muskelkater, nur auf der rechten Seite, komisch … Aber Kopfschmerzen hatte ich keine. Hm, sehr guter Riesling.

Delia drehte sich um. Ich sah in ihr Gesicht, ihre Lippen bewegten sich im Schlaf, lustig!

Woher kam dieser Schmerz an der Schulter, und warum hatte ich keine Kopfschmerzen? Ein leichtes Grummeln im Magen, das spürte ich schon.

Und dann fiel mir auf, ja, ich sah es im Dämmerlicht ganz deutlich, das imaginäre Fensterbrett mit den Kakteen war nicht mehr da! Vorsichtig tastete ich mich auf die andere Seite des Bettes. Es tat sehr gut, ihre Haut zu spüren. Da war es wieder, dieses leichte Rumoren in der Magengegend, aber direkt darunter, da funktionierte wirklich alles einwandfrei. Delia schlug die Augen auf, sie lächelte mich an. Ich fragte: »Na, was machen wir jetzt?« Sie legte ein Bein und einen Arm um mich und antwortete: »Urlaub!«

Wein und Erotik

Kate hat ein ganz genaues Bild von ihrem zukünftigen Leben, sie will einen treu sorgenden Ehemann, ein paar Kinder, Hund, Katze, hübsches Haus mit Gartenzaun. Selbst den passenden langweiligen Kerl hat sie schon. So weit, so gut, aber sechseinhalb Verwicklungen weiter lernt sie den Franzosen Luc kennen, einen undurchsichtigen Lebenskünstler. Der hat auch einen Traum. Er will irgendwann ein Weingut in Frankreich sein Eigen nennen und auf diesem seinen eigenen Wein anbauen.

Vielleicht sagen Sie jetzt: »Ach du meine Güte, hoffentlich macht Kate jetzt keinen Fehler! Besser der Bausparvertrag in der Hand als die Kredite auf dem Weinberg!« Oder Sie sagen sich: »Mensch, das kenne ich doch, das hab ich schon mal im Kino gesehen, das ist French Kiss mit Kevin Kline und Meg Ryan.« Richtig! Meg Ryan spielt die arme verwirrte Kate, und wen nimmt sie am Ende? Auch richtig: Luc, den mittellosen Winzer.

Warum erzähle ich Ihnen das? Nun, ich will anhand dieses Beispiels nur erläutern, dass Wein jederzeit in der Lage ist, Gefühle für andere Menschen zu öffnen. Er kann helfen, Hemmungen abzubauen, er kann zwei Menschen ins Gespräch bringen, die ohne den Rebensaft noch nicht einmal in einem Büroflur »Mahlzeit« gesagt hätten.
Die alkoholbedingt herabgesenkte Hemmschwelle fördert die Redseligkeit. Das kann, muss aber nicht von Vorteil

sein. Aber wie will man einen Vertreter des anderen Geschlechts kennen lernen, wenn man die Zähne nicht auseinander bringt? Wenn man aber den jeweiligen Vertreter kennen gelernt hat, dann ist der Wein von noch größerer Bedeutung.

Die Champagnergläser stehen wie selbstverständlich auf dem Rand der Badewanne, das Zimmer wird vom Kerzenschein in ein romantisches Licht getaucht. So sehen romantische Abende aus – stellen Sie sich das mal mit zwei Dosen Bier vor. Wein ist, in Maßen genossen, ein den Geschlechtstrieb anregendes Mittel, er ist als Liebestrank in die Geschichte eingegangen.

Der griechische Gott Dionysos war nicht nur der Gott des Weines, er war auch der Gott der Fruchtbarkeit, und er wurde von den Nymphen begleitet. Muss ich noch mehr sagen? Zu Ehren von Dionysos feierte sein Gefolge zügellose Orgien.

Sein römisches Pendant Bacchus war den Römern der Gott des Weines, der Fruchtbarkeit und der Ekstase. Der Bacchus-Kult war in Rom zeitweise verboten, weil das orgiastische Treiben wenig in die ach so strengen Sitten Roms passte.

Gut, der Wein früherer Zeiten hatte eine andere Qualität. Ein Gläschen Spätburgunder führt heute nicht mehr zu völliger Enthemmtheit. Aber Wein hat tatsächlich Einfluss auf das gesamte Hormonsystem, und er führt zu einer besseren Durchblutung des Gehirns. Jetzt sind wir doch mal ehrlich, warum sollte das durch den Wein in Wallung gebrachte Blut nur das Gehirn durchfluten und just vor den erogenen Zonen Halt machen? Nein, lassen wir die Diskutiererei, es ist durchaus wissenschaftlich belegt: Wein kann die Libido kurzfristig anregen. Kurt Tucholsky hat für eines der schönsten Weinzitate überhaupt gesorgt. Er sagte: »Schade, dass man Wein nicht streicheln kann!«

Das stimmt, aber er kann immerhin dafür sorgen, dass man einen netten Menschen streicheln kann. Und wer weiß, wenn der Wein und die Gelegenheit stimmen, vielleicht ist es Meg Ryan. Oder Sie erkennen nach dem dritten Glas, dass Ralf-Dieter genauso toll lächelt wie Kevin Kline.

Happy End II

Unser unfreiwilliger Urlaub an der Ahr lag schon fast ein halbes Jahr zurück. Es war ein typischer Apriltag – alle Jahreszeiten an einem Tag.

Als ich morgens aus dem Haus ging, war es fürchterlich kalt, ich hatte die Winterjacke aus dem Schrank gekramt, die dort eigentlich schon zum Übersommern eingelagert war. In der Mittagspause saßen wir draußen auf der Terrasse vor der Agentur. Die Terrasse war einmal eine Rampe, von der aus man die LKWs entladen konnte, damit ihre Güter im Lagerhaus einsortiert werden konnten, als das Haus noch ein Lagerhaus war.

Jetzt war es das Bürogebäude einer Werbeagentur, und Werbeagenturen müssen in alten Lagerhäusern, Stahlfabriken oder stillgelegten Bergwerken untergebracht sein, möglichst unter Tage, das steht so fest, wie dass Wulf II eine schwarze Jeans, ein schwarzes Sakko und ein schwarzes T-Shirt trägt, um diese Tristesse durch eine pink-lila-hellblau karierte Brille wieder aufzuheben.

Es war der erste Tag in diesem Jahr, an dem es wieder möglich war, die Laderampe in eine Terrasse umzufunktionieren.

Als ich kurz nach 18:00 Uhr das Büro verließ, musste ich zum Auto rennen, um nicht pitschnass zu werden. Es goss in Strömen. Ich war froh, als ich die Haustür erreicht hatte. Ich schüttelte mich wie ein Bobtail nach der Karpfenjagd. Doch danach war ich noch genauso nass, wie der Bobtail es auch gewesen wäre. Ich öffnete den Briefkasten: die üblichen Rechnungen, Kontoauszüge, der Schornsteinfeger kündigte sein Kommen für den nächsten Mittwoch an, und ein Brief von CR Productions. Ich riss ihn auf, überflog die Zeilen, jubelte im Hausflur nur sehr kurz, um die studentischen Mitbewohner nicht zu wecken, und einige Minuten später saß ich im Wohnzimmer und wartete auf Delia.

Ich konnte es gar nicht abwarten, dass sie ihre Filiale zu- und die Wohnungstür aufschloss. Ich musste ihr die Neuigkeit unbedingt erzählen.

Es waren nur gut eineinhalb Stunden, aber es kam mir vor wie anderthalb Tage, bis ihr Schlüssel hörbar im Wohnungstürschloss herumfuhrwerkte. Ich freute mich, dass wir das alte Schloss immer noch nicht ausgetauscht hatten. Die alte Mechanik war gleichzeitig eine Art Alarmanlage, allerdings nur, wenn der Dieb über einen Schlüssel verfügte.

»Was grinst du so, ist was?«

»Aber hallo ist was! CR Production hat einen Sender gefunden, der mein Drehbuch nimmt, ich soll mit der Sekretärin vom Producer einen Termin abmachen, und dann verhandeln wir mal eine Runde ernsthaft über die Produktion eines 90-Minüters, das ist ein TV-Movie, das ist fast ein Spielfilm!«

»Das ist ja großartig! Welche Geschichte denn? Der Polit-Thriller, das Kinderbuch, oder die Geschichte von dem kleinen Puff in Italien?«

»Keins von den dreien: die Geschichte von dem Workaholic, der mit seiner Freundin einen Urlaub auf den Malediven machen will, der dann aber den Flieger verpasst, sodass die beiden schließlich unfreiwillig zwei Wochen Urlaub an der Ahr machen.«

»Darüber hast du ein Drehbuch geschrieben? Warum hast du mir das nie erzählt?«

Ja, warum nicht? Da gab es schon ein paar Gründe.

»Na ja, du weißt ja, wie die Fernsehsender sind, die lehnen doch 99,9 Prozent aller Drehbücher ab.«

»Ja sicher, aber das ist doch nun wirklich eine tolle Geschichte …«

Jetzt war es wohl an der Zeit. Ich hatte mich wirklich gebessert. Ich hatte mich nicht mehr ständig für alles entschuldigt, aber jetzt musste es wohl mal wieder sein: »Delia, da ist noch etwas. Weißt du, ich dachte, das ist denen bestimmt wieder nicht spektakulär genug. Deshalb habe ich deine Rolle bei diesem Urlaub ein bisschen umgeschrieben.«

»Na und? Ein Drehbuch, das ist eine Art Roman, da hast du schon ein bisschen dichterische Freiheit!«

»Ja, aber ich möchte nicht, dass du denkst, dass ich denke, dass …«

»Was hast du denn umgeschrieben?«

»Na ja, um am Ende noch ein bisschen mehr Überraschung in die Geschichte zu kriegen, habe ich einen Kunstgriff eingebaut, und du musst zugeben, es hat ja auch geklappt!«

»Wie soll ich das zugeben, wenn ich nicht weiß, worum es geht. Welchen Kunstgriff hast du eingebaut?«

»Na ja, ich habe die ganze Geschichte so konstruiert, als hättest du das alles so eingefädelt, als wäre der ganze

Aufenthalt an der Ahr nicht unfreiwillig gewesen, sondern von ganz langer Hand geplant. Und Bettina und Kante und all die anderen, die wären alle eingeweiht gewesen, nur ich nicht. Ein bisschen böse, aber auch genial, nicht?«

Delia schaute mich ungläubig an. »Genial? Ich weiß nicht. Also mich wundert das schon, dass ein Fernsehsender so was kauft. Das ist doch völlig unrealistisch!«

Happy End III

Weitere sechs Monate später. Delia kontrolliert noch einmal den Inhalt ihres Koffers. Ja, sie hat alles dabei: natürlich den Bikini, Jeans, Shorts, T-Shirts, aber auch Wanderschuhe, einen Rollkragenpullover, eine schicke Bluse …

Stefan muss noch arbeiten, er will direkt von der Agentur aus zum Flieger kommen. Wahrscheinlich ist er sofort nach der Mittagspause zum Flughafen gefahren. Zu spät wird er diesmal sicher nicht kommen, so viel steht fest!

Sie nimmt ihre Handtasche vom Sessel: Portemonnaie, Papiere, Kaugummis, Lippenstift …, die Flugtickets. Köln – Male, Male – Köln. Ein Flug neun Stunden und sechsunddreißig Minuten. Sie seufzt: »Irgendwie schade, soll schön sein da!« Dann nimmt sie die Tickets, zerreißt sie in vier Teile, wirft das Papier in den Kamin und zündet es an.

Dieses Mal will sie ins Elsass!

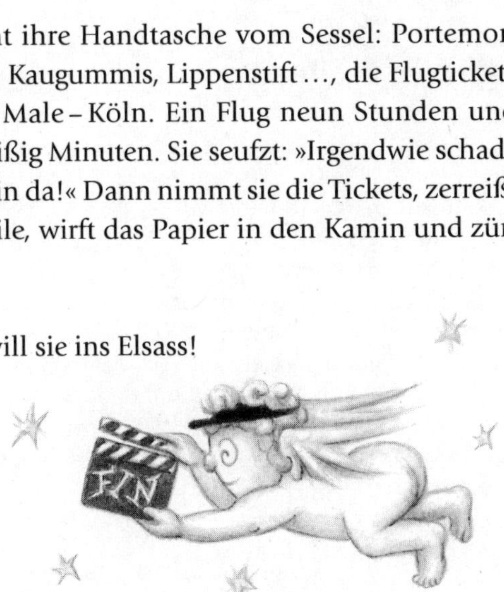